DAVID GOFFMAN
E A
TRAVESSIA INFERNAL

GABRIEL RACT

DAVID GOFFMAN

E A TRAVESSIA INFERNAL

EDITORA
Labrador

Copyright © 2022 de Gabriel Ract
Todos os direitos desta edição reservados à Editora Labrador.

Coordenação editorial
Pamela Oliveira

Preparação de texto
Laila Guilherme

Assistência editorial
Larissa Robbi Ribeiro

Revisão
Daniela Georgeto

Projeto gráfico, diagramação e capa
Amanda Chagas

Imagens de capa
John Martin: "Fallen Angels in Hell". Século XIX.

Dados Internacionais de Catalogação na Publicação (CIP)
Jéssica de Oliveira Molinari - CRB-8/9852

Ract, Gabriel
    David Goffman e a travessia infernal / Gabriel Ract. — São Paulo : Labrador, 2022.
    208 p.

ISBN 978-65-5625-217-9

1. Ficção brasileira 2. Ficção fantástica I. Título

21-5702   CDD B869.3

Índices para catálogo sistemático:
1. Ficção brasileira

Editora Labrador
Diretor editorial: Daniel Pinsky
Rua Dr. José Elias, 520 — Alto da Lapa
São Paulo/SP — 05083-030
Telefone: +55 (11) 3641-7446
contato@editoralabrador.com.br
www.editoralabrador.com.br
facebook.com/editoralabrador
instagram.com/editoralabrador

A reprodução de qualquer parte desta obra é ilegal e configura uma apropriação indevida dos direitos intelectuais e patrimoniais do autor. Esta é uma obra de ficção. Qualquer semelhança com nomes, pessoas, fatos ou situações da vida real será mera coincidência.

*Para a minha irmã,
por quem eu atravessaria
todo o Inferno
para reencontrar.*

Sumário

Prólogo – **O despertar** 9

Capítulo 1 – **O guardião** 13

Capítulo 2 – **Os inocentes** 21

Capítulo 3 – **O deserto** 27

Capítulo 4 – **A proposta** 33

Capítulo 5 – **O derrotado** 41

Capítulo 6 – **A garota** 44

Capítulo 7 – **A forja** 49

Capítulo 8 – **A separação** 57

Capítulo 9 – **A floresta** 61

Capítulo 10 – **A tribo** 75

Capítulo 11 – **A noite** 85

Capítulo 12 – **A torre** 93

Capítulo 13 – **O imperador** 102

Capítulo 14 – **A cidade** 111

Capítulo 15 – **A luta** 123

Capítulo 16 – **O contratante** 137

Capítulo 17 – **O passado** 141

Capítulo 18 – **Mariana** 146

Capítulo 19 – **A prisão** 157

Capítulo 20 – **A estrela** 164

Capítulo 21 – **O duelo** 173

Capítulo 22 – **Final e separação** 185

Epílogo – **A falha** 203

Prólogo

O despertar

Desde crianças sabemos o que o futuro reserva para cada um de nós. Alguns garantem que isso seja resultado da formação do nosso caráter, que cria as suas primeiras raízes durante essa época da vida. Outros, que seja fruto do nosso primeiro contato com tudo de importante que existe no mundo, concomitante à criação de conceitos que nos acompanharão até a nossa morte. Por fim, há aqueles que, talvez por serem menos filosóficos, acreditam em destino e nada mais.

David nasceu de pais deste último tipo. Dotados da sua dose de sofrimento, e ignorantes da maior parte dos mistérios terrenos, criaram o filho sempre imaginando um futuro abençoado, digno de um verdadeiro *escolhido*.

Por conta disso, relevaram muitas coisas: o seu nascimento improvável; os caninos maiores do que o esperado; as estranhas marcas que carregava nas mãos; o seu temperamento contido, controlado, quase medroso; o temor de que algo ruim pudesse acontecer caso relaxasse por um instante sequer. Nada disso teve efeito positivo no garoto, pelo contrário. Porém ninguém nunca se importou com isso, nem mesmo quando já era tarde demais.

O garoto lembra-se bem de quando tudo desmoronou, em uma sucessão rápida de fatos que seriam marcados em sua memória como fogo, e revividos em sua mente inúmeras vezes. Todas elas começando no momento em que as coisas deram errado pela primeira vez.

David tinha oito anos na ocasião. Como de costume, estava sendo incomodado por alguns de seus colegas de classe, por motivos que se perderam no tempo. É algo bem comum entre as crianças, por ignorância ou falta de ferramentas sociais, não respeitar os diferentes, tratando-os com violência.

O garoto nunca se defendia quando isso acontecia, apenas abaixava a cabeça. Tão inocente quanto os que o atormentavam, pensava seriamente que não tinha o direito de lutar contra aquilo, e que aquelas provocações eram naturais por ele ser tão estranho. Afinal, diferente dos colegas, ouvia vozes em sua cabeça e tinha sonhos esquisitos. Era louco, sabia disso.

Naquele dia, porém, não estava com paciência suficiente para assumir o papel de culpado. Por ironia, nunca conseguiu se recordar do motivo para tal. Só se lembrava de que, no fim da aula, depois das provocações cotidianas, se exaltou e respondeu com rispidez a alguns dos seus iguais.

A reação foi instantânea. Os garotos, visivelmente ofendidos, não pensaram muito sobre o que fariam. David havia quebrado a hierarquia, portanto não podia reclamar sobre o seu castigo.

Impotente e cheio de raiva, ele só conseguiu se abaixar enquanto os colegas se aproximavam, com os punhos erguidos. Sentiu-se solitário e confuso, o suficiente para que as estranhas vozes voltassem a aparecer. Era sempre *ele*, um homem ressentido, dono de uma voz imponente e calorosa. Todas as vezes iludia-o com as grandezas que o garoto conseguiria adquirir caso cedesse o controle e lhe permitisse tomar o seu corpo. **Tudo ficará bem**, repetia incansavelmente.

Talvez pelo cansaço, talvez pelo ódio, talvez pela insistência, David lembra-se apenas de ter fechado os olhos e mergulhado, por vontade própria, em uma escuridão pegajosa e fria. Alguns instantes depois, desesperado, ele percebeu o seu erro e conseguiu se libertar. Abriu os olhos, em pânico, mas já era tarde: aquilo que sempre temera havia se tornado realidade.

Era uma cena da qual nunca se esqueceria. Cinco dos seus colegas estavam no chão, machucados de formas que sua mente infantil não conseguiu assimilar. Estavam todos vivos, porém visivelmente moribundos, quase mortos. Os poucos que permaneceram conscientes haviam dado alguns passos para trás e choravam baixo, sem palavras. Todos o encaravam com muito medo.

Confuso e transtornado, David demorou a se convencer de que aquilo era mesmo verdade. Encarou as mãos e pôde notar que uma fina aura negra as cobria. Estavam limpas de sangue, mas sem dúvida eram culpadas. Seja lá o que tivesse acontecido, não podia negar, ele havia sido o responsável.

Amedrontado, ignorou os olhos que o encaravam, e fugiu.

Capítulo 1

O guardião

David abriu os olhos em um sobressalto, levando as mãos, trêmulas, inconscientemente à cabeça. Levemente entorpecido, demorou para notar que dedos delicados repousavam sobre o seu ombro.
— Senhor, aterrissaremos em breve. Aperte os cintos.
Era uma das aeromoças do avião, que exibia um sorriso verdadeiro e uma paciência rara, dificilmente esbanjada ao final de uma longa viagem internacional. Após um breve agradecimento, foi acordar outros passageiros, que provavelmente estavam tendo sonhos muito melhores do que os dele.
David suspirou enquanto secava o excesso de suor que cobria a testa. Fazia anos que tinha aquele sonho, e o odiava. Agora, talvez por estar tão perto de um resultado real, chegava a revê-lo toda noite e em quase todo fechar de olhos. Por sorte, dessa vez não havia sido agraciado com a continuação, algo do qual sentia ainda mais repugnância.
O avião pousou minutos depois. David, um pouco receoso, viu-se preso à aeronave enquanto pegava a sua mochila. Por mais que tentasse ignorar, sentia medo do que ia fazer, e não podia culpar o seu lado humano de querer continuar ali, em paz.

Depois de esperar todos os outros passageiros descerem, caminhou sem pressa em direção à fila da alfândega. Após mentir deliberadamente sobre os motivos de sua viagem, encontrou-se perdido no saguão do principal aeroporto de Jerusalém. Lá um estranho ser o aguardava, segurando uma placa onde se lia "DAVID GOFFMAN" com letras garrafais toscas e infantis.

David pensou em rir quando imaginou a comoção que alguém assim estava causando ali. Afinal, era um sujeito de certo destaque. Alto, moreno, musculoso e dono de ombros impressionantemente largos, o indivíduo estava vestido a rigor e exibia óculos escuros que não condiziam com o local. Ele era, sem dúvida, o contrário da discrição que haviam lhe prometido. Com cautela, aproximou-se do desconhecido.

— Deixe-me adivinhar: David Goffman? — perguntou o sujeito. Sua voz era potente e irritantemente rústica, o que destoava do cômico papel que vinha desempenhando, e lhe garantia um imponente ar de mafioso. O garoto não esperava nada de diferente.

— Sim, o próprio.

O homem sorriu largamente de forma quase verdadeira. Depois, com certa desenvoltura, possível fruto da repetição, escondeu o pedaço de papelão nas costas e fez uma contida reverência.

— É muito mais forte do que parece, mas passa longe de ser o que eu esperava — comentou. — Presumo, também, que seja de poucas palavras: vocês, desafiantes, geralmente são.

David fez uma careta de desaprovação. O sujeito não estava de todo errado, mas isso não fazia o comentário soar menos desagradável. O garoto, porém, sem ânimo para lhe dar qualquer resposta torta, permaneceu em silêncio enquanto aguardava qualquer reação do estranho.

— Aparentemente vamos direto aos negócios, então — ele se recompôs. — Peço que me siga. O seu carro o espera, *senhor*.

» » »

Apenas do lado de fora do aeroporto, após uma breve *tour* por vitrines internacionais superestimadas, David descobriu que não se tratava simplesmente de um carro, mas de uma luxuosa e fúnebre limusine preta, que o deixou de queixo caído.

— Que cara é essa? Pode se acomodar com tranquilidade. Ela está inclusa no seu *pacote de viagem.*

Não era o receio econômico praticamente inexistente que o segurava, mas ele optou por não protestar enquanto entrava no carro. Aguardou em silêncio e estupor enquanto o motorista demorava em dar a volta e chegar ao volante. Quando finalmente o fez, virou-se para conversar com o garoto, esbanjando um sorriso divertido no rosto.

— E então, meu caro, para onde vamos? Estou à sua disposição.

— Não acho que esse seja um bom jeito de puxar assunto — comentou David. Mesmo sem intenção, havia sido um pouco rude. — Afinal, é você quem sabe o caminho.

— *Senhor*, vejo que tem um senso de humor quase inexistente — rebateu, um pouco frustrado, enquanto saía com o carro. O garoto, por meros instantes, ficou aliviado ao comparar a elegância com que o sujeito dirigia à sua aparência assustadora. — Ou será que isso é apenas o medo lhe afetando a língua?

David não sabia ao certo se deveria aceitar aquela provocação; no entanto, a ideia de estar destratando terceiros o incomodava. E, acima de tudo, ele realmente estava com medo.

— Provavelmente tem razão. Quanto às duas coisas — comentou com um sorriso irônico.

— Ha! Muito melhor assim. Juro que não entendo vocês, crianças humanas, sempre tão sérias e cheias de si. O último que eu trouxe também estava assim, exatamente como você.

— Duvido muito que estivesse igual.

— Talvez em um estado pior, admito. Ele era só medo por dentro e tinha uma arrogância muito falsa por fora, bem superficial. E era absurdamente antipático. Não que você tenha sido melhor até o momento, claro.

– E ele, por acaso, conseguiu se dar bem?

A aura despretensiosa do motorista desapareceu de imediato. David, um pouco envergonhado, se afundou no banco onde estava: havia sido uma pergunta idiota.

— Garoto, não é do meu feitio mentir sobre essas coisas. Ninguém nunca se deu bem. Pelo menos não nos últimos setecentos anos. Apesar de toda a nossa *ajuda*, não existe humano com poder ou cabeça suficiente para sobreviver a isso. Estatisticamente falando, é uma tarefa impossível.

David sentiu o seu medo se intensificar e se acumular no céu da boca, amargamente. Mas desta vez fez questão de engoli-lo com certa urgência. Sabia desde o início que seria uma jornada difícil, e não podia fraquejar antes mesmo de entrar. Devia pelo menos isso aos seus pais. E ao seu *mestre*.

— Se você realmente acredita que as minhas chances de vitória são nulas, vou pedir que guarde o meu nome — voltou, estufando o peito. — Serei o primeiro em muitos séculos que conseguirá passar por isso. Um feito e tanto.

O sujeito não se conteve e sorriu com uma honestidade que não havia demonstrado até então. Porém, não teceu mais nenhum comentário, permanecendo em silêncio por longos minutos, até estacionar. Apenas com as mãos, pediu que o garoto saísse do carro.

Logo que abriu a porta, David foi recebido por uma poderosa lufada de ar salgado e úmido, uma sensação deliciosa. O Mar Morto, um imenso azul delimitado pelo horizonte, lhe trouxe mais paz e ânimo do que qualquer poder adicional que pudesse obter naquele instante. Inconscientemente, respirou fundo e aproveitou um pouco aquela linda paisagem.

— Uma maravilha, não é mesmo?

O motorista havia se juntado a ele. Trazia no rosto a expressão de alguém que não se acostumava com o que via, apesar da repetição. Os óculos escuros persistiram no rosto, porém, tornando difícil a leitura do que realmente se passava em sua mente.

— É, sim. Chega a ser uma pena que irá durar tão pouco.

— Não seja dramático, humano. O Inferno não é tão ruim quanto vocês fazem soar, acredite em mim.

Era um pedido difícil. Afinal, nada de bom vinha à mente quando se falava sobre o Inferno. Felizmente, com exceção de alguns círculos cobertos por neve, que David sabia serem mais do que mera parte das histórias antigas, ele acreditava estar preparado para qualquer coisa.

— Bom, meu trabalho termina aqui, garoto. Oficialmente você já é um *jogador*, e um em que provavelmente posso apostar algumas fichas com meus colegas. Se conseguir chegar até o sétimo círculo, lembre-se de me visitar. Se tudo der certo, podemos dividir uma bebida — tirou, então, os óculos com uma paciência ensaiada, mostrando finalmente os olhos, profundos e semelhantes aos de um animal selvagem. David não pôde deixar de sorrir. — Ou alguns bons socos.

— Não perderia isso de jeito nenhum. Obrigado pela carona, senhor...

— ... Behemoth. Não esqueça.

Com isso, virou-se de costas, entrou na limusine e partiu, deixando o garoto sozinho. Este, um pouco mais confiante e calmo, acompanhou o veículo desaparecer na estrada de terra antes de tomar qualquer atitude. Segurando com força a mochila que levava nas costas, inspirou com certa demora e começou a caminhar em direção à água. Dali para a frente, tudo dependia exclusivamente dele.

» » »

Após poucos minutos de caminhada, David chegou a uma das margens do Mar Morto. Espremeu os olhos e se admirou com o fato de não conseguir enxergar os limites de todo aquele azul cristalino. Perto de onde estava, um pequeno barco a remo o aguardava, suplicando por atenção. Ele teria feito uma careta se não soubesse que entrar naquele bote seria um erro terrível.

A embarcação era uma velha tática para atrair desafiantes despreparados. A entrada do Inferno, local onde Lúcifer caíra quando fora expulso dos Céus, era o lar de Leviatã, um dos sete príncipes-demônios, e o primeiro grande obstáculo de qualquer desafiante.

Representante do pecado da inveja, era um poderoso dragão aquático, que atraía humanos até as suas águas com o intuito de, em vão, testá-los em combate. Segundo as histórias que o garoto ouvira desde criança, nem mesmo fora da água ele seria um oponente simples.

Mesmo sabendo disso, sentia-se um pouco mal por ignorar a vontade do guardião, em especial porque nutria um desejo tolo de lutar contra ele. Infelizmente, sabia o quanto seria estúpido se envolver em uma briga como aquela, e conhecia formas melhores de provar o seu valor.

Com uma calma que imaginou não possuir, caminhou em linha reta até sentir a água fria em uma região delicada. Fincou os pés na areia molhada como pôde e aguardou por longos minutos, meditando em silêncio. Não demorou muito para que algo acontecesse.

O mar agitou-se subitamente. Escamas esverdeadas, com ligeiros toques prateados, despontaram em lugares isolados da água, desaparecendo e reaparecendo em locais distintos. Um enorme corpo, esguio como o de uma cobra, deslizava logo abaixo da superfície, serpenteando com uma elegância hipnotizante. Após poucos segundos, como se entediado de nadar em círculos, sua cabeça emergiu a uma distância razoável do garoto, fazendo-o perder a cor do rosto. A dois passos de onde antes estava, ele sorria debilmente: o demônio era ainda maior do que havia esperado.

— Anuncia o teu nome, humano — começou o Leviatã, com uma voz potente e articulada que poderia ter alcançado quilômetros de distância com facilidade. Seus olhos, ictéricos e viscerais, fecharam em fenda sobre o desafiante, com uma atenção assustadora. Mesmo impressionado, este estufou o peito antes de prosseguir:

— David Goffman, senhor.

— Hum... — resmungou o dragão, avançando cautelosamente sobre a areia, envolvendo o garoto entre as suas escamas. — Não entrou na embarcação e não demonstrou qualquer traço de pavor ao me encontrar. Aparenta saber bem o que está fazendo e o que encontrará pela frente. Não me surpreenderei se também souber quem sou.

— Após sair da água, não é muito difícil saber quem você é, Leviatã — admitiu o garoto, em um tom levemente jocoso. — Sim, eu sabia que o encontraria e estive esperando por você.

O demônio manteve-se impassível, não demonstrando sequer que estava ouvindo o garoto. Os olhos, agora ainda mais estreitos, pareciam capazes de penetrar o palpável e de enxergar muito além.

— Interessante — comentou enfim. — Em geral, recebemos a visita de tolos entusiasmados, ignorantes ao terror que os espera, mas você parece ser diferente. Talvez possua um tipo especial de tolice, não estou certo quanto aos motivos.

Intimidado pela proximidade com o demônio, David optou por não rebater o comentário, possivelmente a escolha mais sensata. Além disso, ele não seria capaz de negar aquelas palavras: acreditava ser diferente dos outros desafiantes.

— Entretenha-me, humano. Conte-me os teus motivos — prosseguiu. — Por que se voluntaria, conscientemente, a enfrentar o pior pesadelo de todos os homens? Por ganância? Por medo do que está reservado a você? Devido a desejos inquietantes? Ou, quem sabe, algum motivo mais obscuro?

Era uma pergunta inesperada, mas não estranha. Por alguns instantes, David pegou-se perdido nas palavras de Leviatã, incapaz de escolher um motivo em meio a tantos. Lembrou-se novamente dos pais e dos seus estranhos poderes, voltando a remoer um passado morto. Por fim, sorriu ao perceber que era perda de tempo demorar tanto para responder a ele.

— Porque eu desejo trilhar caminhos que ainda não consigo alcançar. E não serei capaz de fazê-lo sem passar por aqui.

O garoto sentiu certa aprovação no silêncio que se seguiu. Leviatã, impassível como qualquer réptil, permaneceu com os olhos atentos sobre ele por mais algum tempo, sem tecer nenhum comentário. Estava claro que este, como competente guardião da entrada do Inferno, ponderava minuciosamente se o humano era ou não digno do que o aguardava.

— Não apenas aparenta saber mais do que os outros desafiantes como também tem mais coragem do que a maior parte deles. Apenas deixo um aviso a você: como está agora, será devorado antes que possa se arrepender.

— Não se preocupe. Estou ciente e disposto a correr esse risco.

David imaginou ter visto um quê de ironia escapar dos lábios do demônio, porém, antes que pudesse confirmá-lo, o corpo do príncipe começara a rachar, expondo rapidamente uma mucosa lúgubre e brilhante, maior a cada segundo. Aterrorizado, não teve dúvidas do que aquela assustadora quantidade de energia significava: se não partisse o mais rápido possível dali, morreria explodido junto a toda a margem onde estavam.

Buscando, sem sucesso, uma forma de escapar, quase não notou a presença de uma criança prateada a poucos metros de onde estava. Esta se aproximou de David com calma e, sem pressa, tocou em seu peito.

"O teu desafio foi computado. Desejo-te boa sorte." Foi a última coisa que o garoto escutou antes de ser engolido por uma coluna de luz, perdendo os sentidos.

Capítulo 2

Os inocentes

O universo, como se preso a um turbilhão, rodava em volta de David. Ele, à deriva em meio ao caos, encontrava-se largado à própria sorte, caindo com rapidez. Parecia que havia se passado uma eternidade quando enfim sentiu algo sólido sob as costas.

Demorou alguns instantes para colocar os olhos no lugar, e mais alguns para se lembrar do que havia ocorrido. Tentou, principalmente, entender o que havia sido aquela explosão, e se aquele menino era ou não alguma forma do demônio que o recebera. Infelizmente, não encontrou respostas.

Em um gesto mecânico, levou as mãos à cabeça, que doía um pouco. Não estava morto, o que por si só já era um alívio. Apenas então olhou ao redor e percebeu que não estava mais nas margens do Mar Morto, e sim em um grande campo aberto, emoldurado por um infinito céu acinzentado e por extensos paredões de pedra. Em um primeiro momento, procurou em volta por qualquer sinal de vida, mas não encontrou nada. Instantes depois, percebeu o quanto estava enganado.

O garoto quase deu um pulo quando notou que havia centenas de pessoas ali, todas menos nítidas do que uma lâmina de papel-filme. Elas eram, do modo mais literal possível, *fantasmas*.

Ele respirou o mais fundo que conseguiu antes de rir de si mesmo. Aquela era a prova definitiva de que havia realmente entrado no Inferno. Aproveitou a situação para deixar anotado que não poderia ficar impressionado com qualquer coisa de agora em diante.

— Oi, é *humano*?

Um dos espectros parecia ter se aproximado de David enquanto ele estava distraído. Após encará-lo de soslaio, o garoto pôde notar quão aflita a criatura estava.

— Eu?

— Sim, o próprio — respondeu, como se fosse óbvio, apesar de todos ali serem, tecnicamente, humanos. Aproximou-se ainda mais, sorridente. — Me chamo Lucas, prazer, e fui encarregado por meus superiores a te guiar até o próximo portal.

David pendeu a cabeça para o lado, um pouco confuso. O sujeito havia proferido aquelas palavras de forma tão desengonçada e atropelada, com uma certeza tão grande de que estava sendo compreendido, que deixava todo o seu discurso aberto a dúvidas. Além disso, arranjar um guia de uma hora para outra era algo bastante estranho. O portal citado também lhe soava esquisito.

— Espera aí, Lucas — interrompeu David. — Vamos por partes, por favor.

— Ah, certo, me avisaram que o Leviatã não costuma ser o mais falante dos demônios, então não deve ter te explicado nada; as lendas dizem que ele nunca levou jeito com as palavras.

— Sim. Eu percebi isso.

— Bom, então, antes de mais nada, seja bem-vindo! E parabéns por ter passado pelo primeiro círculo. Faz alguns anos que não vejo ninguém *vivo* por aqui, sério.

David levou as mãos à cabeça mais uma vez. O seu novo colega continuava não fazendo sentido, o que não mais o surpreendia.

— Perdido ainda? — questionou Lucas. — Bom, não é tão estranho assim. Podemos ir ainda mais para o começo, se preferir.

— Por favor. Eu agradeceria.

— Tudo bem, vamos lá. Por acaso conhece a ideia por trás dos círculos?

— Sim, eu conheço — respondeu, um pouco mais aliviado por estar em terreno conhecido. — A divisão comum e atual tanto do Inferno quanto dos Céus. Dezesseis círculos interligados que são separados, em dado ponto, pelo Purgatório.

— Bravo! Finalmente alguém que parece ter feito a lição de casa. Porém, infelizmente sinto lhe dizer que essa informação está um pouco *atrasada*.

David franziu o cenho, ponderando quão bizarro lhe soava o que escutara. Afinal, possuía um informante competente, e sabia que não podia estar errado sobre o assunto. Encarou as mãos por algum tempo, em busca de alguma explicação que não obteria. O garoto possuía informações valiosas demais sobre a sua jornada para estas estarem sendo colocadas em xeque tão cedo.

— Como assim, *atrasada*? — perguntou enfim.

— Ah, é uma longa história, mas desde que certo demônio poderoso sumiu há poucos anos para nós, mortos, pelo menos, Satanás *acabou mudando* um pouco as coisas por aqui. — Lucas fez, então, uma pausa. — Mas não pretendo levar o crédito por tudo, *senhor estudado*. Você não reparou como esse lugar é estranho? Tem pelo menos alguma ideia de onde estamos?

Somente após aquele comentário David parou para pensar em algo bastante óbvio. Estava no Inferno, não havia dúvida, mas os mortos corriam sorridentes por um belo campo aberto, livres como nunca teria imaginado. Qual castigo poderia estar sendo dado a alguém ali? Tédio, na pior das hipóteses.

— Estamos no Limbo. Isso não é possível...

— É, sim. E bem colocado, não posso deixar de comentar. O Limbo, por mais que os estudiosos discutam, nunca esteve de fato no Inferno, ficando suspenso entre o mundo dos vivos e o *não tão grande* primeiro círculo de verdade. Agora, porém, o Inferno se apropriou oficialmente de nós, inocentes azarados — fez uma reverência —, mas vem nos tratando muito bem, não se preocupe.

David não estava nem um pouco preocupado com o tratamento que recebiam, mas resolveu não comentar. Estava angustiado com a sua falta de conhecimento, um fator que pensou ser um dos seus pontos fortes em relação aos outros que também tentaram desbravar o Inferno. Aquilo podia se tornar algo preocupante.

— Eu não esperava chegar ao Limbo, Lucas — admitiu. — E, ainda por cima, descobrir que tenho mais um círculo para atravessar...

— Na verdade, não. Aparentemente, nem tudo pode ser modificado, principalmente o número de camadas do Inferno. Por causa disso, o Limbo acabou assumindo a posição de segundo círculo, e a entrada virou um círculo em si. Ou melhor, uma espécie de *falha dimensional*. Mas não me peça para explicar o que isso significa. Não entendo essas coisas de *paranormais*...

Mais uma vez as explicações de Lucas pararam de fazer sentido, mas dessa vez David resolveu ignorar tudo o que não havia compreendido. O importante foi ter descoberto que estava no segundo círculo e que já havia passado por um dos príncipes, o que por si só era um incrível feito. Os sete círculos restantes que o aguardavam, assim como os seis outros príncipes, permaneceriam um mistério por ora.

— Lucas, acho que por enquanto é o suficiente — voltou, com um incrédulo sorriso no rosto. — Agora, será que poderia me levar até esse tal portal?

» » »

Os dois caminharam por um longo trecho. Nesse meio-tempo, David, agora munido de sua mochila que havia desaparecido após a explosão, se viu dividido entre observar a estranha relação dos seres que habitavam aquele local e aturar a irritante animação de Lucas, que não parava de tagarelar.

Ele era um típico habitante do Limbo: um bom homem, filho de pais humildes, dono de uma vida medíocre, sem nunca ter incomodado ninguém, porém nunca fora batizado por nenhuma religião. O

Limbo era formado quase inteiramente por figuras como ele, que não tinham permissão para ir ao Paraíso, mas nem de perto pertenciam ao Inferno. A pequena parcela restante era formada por pessoas que nem mesmo os mais sábios seres do universo podiam classificar como boas ou más, e ali ficavam presas até o fim dos tempos.

Aparentemente, Lucas estava ali há trezentos anos, e não quis comentar quando David, assombrado, o questionou se algum dia poderia sair.

— Não temos permissão — disse, meio encabulado. — E eu não iria embora, mesmo se pudesse. Me acostumei com esse lugar e não tenho pretensão de partir.

O garoto pensou em insistir. Grande fã de *A divina comédia*, acreditava que um companheiro seria uma ótima adição para a sua longa e desconhecida aventura. Mas sabia que não podia simplesmente levá-lo, muito menos forçá-lo a correr perigo a contragosto.

Ficaram em silêncio depois, voltando a conversar apenas quando avistaram o portal previamente mencionado. David quase perdeu o fôlego enquanto admirava aquela linda e grandiosa construção. Preso em um paredão de pedra, o portal era um redemoinho de uma hipnotizante energia azul, que convidava qualquer um a se aventurar dentro de si, simplesmente por ser belo. Uma curta escadaria de pedra ligava o desafiante ao seu destino.

— Ele é lindo! — exclamou, por fim.

— É mesmo. Uma belezura. E, mais, efetivo, permitindo uma boa divisão entre os círculos...

— ... que agora estão livres — completou David, encarando mais uma vez as mãos. Lucas pareceu confuso com aquele comportamento, mas não expressou a sua opinião. — Certeza que não quer vir comigo?

— Agradeço, mas não. Acredite, estou muito bem aqui. Depois de trezentos anos, não largo essa vida pacata e pacífica. Não a trocaria de jeito nenhum, nem mesmo pelo Paraíso — riu de si mesmo.

David balançou a cabeça. Mesmo não concordando, entendia o que o guia queria dizer com aquilo. Ele também teria se acostumado com uma vida como aquela, se não tivesse crescido louco por uma boa luta.

— Então acho que isso é um adeus. Obrigado pelas informações e pela companhia.

Lucas apenas sorriu e fez uma breve reverência, provavelmente sincera. Ele assistiu com atenção enquanto David subia lentamente a escada até o portal, com uma tranquilidade ímpar. Em algum momento, porém, lembrou-se de algo.

— Ah, tenho um último aviso! — gritou. — Tenha sempre em mente o que te trouxe até aqui. Palavra dos chefões.

O garoto apenas acenou com a mão. Já estava na frente do portal e não tinha vontade de responder àquilo. Era idiotice pensar sobre o assunto: ele nunca esqueceria os motivos de estar ali.

Capítulo 3

O deserto

O universo girou violentamente. David, impotente e imobilizado, sentiu o corpo ser tracionado em cinco direções diferentes enquanto caía, sem amparo, em meio ao nada. Aterrorizado, o garoto teria enlouquecido se em algum momento não tivesse sentido que os pés tocavam algo sólido.

Tentou dar um passo, mas tropeçou no ar. No chão, a sua primeira reação foi segurar a cabeça, que rodava vertiginosamente. Praguejando em silêncio sobre Lucas e toda a beleza enganadora daquele portal, fechou os olhos por alguns instantes. Após controlar o coração taquicárdico, levantou-se com calma e encarou o novo círculo que o aguardava.

Lucas havia comentado sobre algo que David escutara várias vezes de seu mestre. Os portais são, além de um meio rápido e prático de viagem, incríveis separadores de terra, garantindo uma autonomia entre os círculos que os habitantes do Inferno esperaram por séculos. Afinal, ali, diferentemente dos Céus, as disputas por poder sempre tornaram a paz um sonho improvável e a ascensão de um *líder definitivo* uma necessidade. Não era à toa que a tomada de poder por Satanás trouxera tantas mudanças.

Mesmo assim, ele nunca teria entendido o real significado daquilo se não estivesse vendo o resultado com os próprios olhos.

O garoto estava pasmo. O grande campo rochoso do Limbo dera lugar a um enorme e árido deserto, que cobria tudo o que conseguia enxergar. A temperatura, que era a de um dia ameno de outono no círculo anterior, estava insuportavelmente alta. O céu, antes cinza e recheado de nuvens, agora exibia um azul que ardia os olhos. O Sol, falso, parecia maior e mais vicioso do que o de outrora.

Era incrível imaginar como a apenas um patamar abaixo de onde antes estava as coisas pudessem ser tão diferentes. Era como se tivesse viajado por milhares de quilômetros, e não dado um simples passo.

David fez, porém, questão de limitar a sua admiração. Viajar pelo portal havia sido uma experiência fantástica, mas era algo a que precisava se acostumar logo. Além disso, percebia agora que estava sozinho no meio de um deserto gigante, largado à própria sorte. Sua situação não era nem um pouco animadora.

Esfregou os pés no chão, buscando um pouco de sorte. Deu dois passos à frente e, com a mão na testa, fez um pouco de sombra, espremendo os olhos com vontade. Tentou ignorar ao máximo a luz do enorme Sol, seu maior inimigo naquele tipo de cenário, e as distorcidas ilusões de ótica, resultantes da refração da luz na areia aquecida.

Depois de uma breve varredura da região, só duas coisas lhe chamaram a atenção. A primeira delas foi uma espécie de palácio árabe, que não passava de um borrão dourado, de tão longe que estava. A outra, em um ponto mais próximo, era um grupo de seres humanos desfigurados, queimados pelo Sol a ponto de terem a pele completamente destruída. Eles gemiam dolorosamente enquanto se moviam, parte por causa das extensas queimaduras, parte pelas gigantescas placas de ouro fundidas a seu corpo.

Indignado e enojado, David cerrou os punhos sem perceber. Ele sabia que aquela era uma simples amostra da lei mais antiga do

Inferno, de que cada círculo era regido e habitado por aqueles que abusaram do pecado que o representa, sendo os mortos constantemente punidos pelos erros cometidos em vida. Mesmo sabendo que essas punições eram algo que ia muito além de sua capacidade de intromissão, ele não pôde evitar de pensar em salvá-los.

O garoto passava longe de possuir um coração mole, mas desde pequeno sempre tivera o perigoso defeito de querer ajudar a todos que precisassem, algo que seu mestre apontava ser a sua maior fraqueza.

Felizmente, ele tinha plena convicção de que aquele não era o momento para pensar em soluções para os problemas alheios. David tinha consciência da sua impotência e não colocaria tudo a perder por nada. Segurou bem a mochila e observou mais uma vez o longínquo castelo, a única pista que tinha sobre aonde deveria ir. Por ora, o único lugar do mundo que importava.

» » »

Haviam se passado quase quatro horas desde que o garoto começara a andar. Cansado, com sede e quase perdendo as esperanças de que sobreviveria àquilo, tentava compreender o que estava fazendo de errado.

Apesar do começo bastante promissor, com o palácio se mostrando cada vez mais próximo, em algum ponto da caminhada, não muito depois dos primeiros passos, a imagem da construção ficara estagnada no fundo daquele cenário paradisíaco.

Em um primeiro momento, o garoto pensou que estivesse ficando louco por causa do calor. Era impossível que uma construção como aquela pudesse estar se afastando dele, muito menos que, daquela distância, se tratasse de uma maldosa miragem. Porém, mesmo depois de sentar-se, abrir a mochila e tomar metade da única garrafa de água que trouxera, ele não conseguiu explicação melhor do que a loucura para a situação em que estava: não importava quanto caminhasse, o palácio continuava sendo o mesmo ponto abstrato a alguns bons quilômetros de distância.

Infelizmente ou não, ele não era o único que estava enfrentando dificuldades. Ao menos cinco vezes fora obrigado a desviar de um novo amontoado de mortos. Todos seguiam, em vão, na mesma direção em que ele caminhava. Não demorou para desconfiar de que estavam sendo enganados.

— Conhecendo você, provavelmente já deve ter percebido. Certo?

David teria dado um pulo se já não tivesse percebido que alguém o espionava há algum tempo. Ele era um humano no meio do Inferno e não podia se dar ao luxo de ser pego de surpresa. Mesmo assim, não fora capaz de reconhecer quem o estava seguindo até então. Quando se virou, o motorista que o buscara no aeroporto o aguardava com um largo sorriso.

— Do jeito que estou indo, vou me tornar um deles antes de conseguir chegar lá.

O demônio sorriu largamente enquanto se aproximava. Trazia consigo uma espécie de cantil improvisado, que ofereceu ao garoto. Este aceitou apenas por educação.

— Você é mais esperto do que os outros. Demorou menos de oito horas para notar. Um *recorde*.

David ficou em dúvida se Behemoth estava sendo sarcástico, mas resolveu não vocalizar nenhum julgamento precipitado. Afinal, já havia sido orientado quanto àquela situação: no Inferno, deveria confiar em seus instintos, mas também em qualquer um disposto a lhe estender a mão.

— O que veio fazer aqui, Behemoth? — perguntou da forma menos intimidadora que conseguiu.

— Bom, vim te lembrar de que isso aqui é, antes de tudo, um jogo. E que nós, demônios, somos apaixonados por deixar as coisas rolarem. Não seria interessante permitir que você morra de uma forma tão *idiota* por causa da má vontade de alguns príncipes.

— Essa é uma resposta mais interessante do que eu esperava — retrucou David, sorrindo. — Pensei que você ia dizer que tomou certo gosto por mim.

— E não estaria errado. Estou mesmo muito interessado. Em você, e no responsável por essas marcas que esconde tão bem nas mãos.

O garoto estremeceu subitamente. Inconscientemente, escondeu os punhos nas costas. O medo e a dúvida tomaram conta do seu corpo por um breve instante. Ele ainda não havia feito nada de espalhafatoso, muito menos se metido em uma briga sem sentido, e mesmo assim havia sido descoberto. Depois de todo o trabalho que teve para escondê-las, era impossível que Behemoth pudesse ter encontrado as marcas com tanta facilidade.

— Como você...?

— Não é o momento para esse tipo de pergunta, garoto, ainda mais se ela estiver acompanhada desses olhos — sorriu, deliciando-se com a confusão do desafiante, que só agora percebia que encarava o demônio com um olhar assassino. — Por enquanto, preocupe-se apenas em atravessar para o próximo círculo. Não é isso que você deseja?

Mesmo não estando muito feliz com a primeira resposta, David concordou com o motorista. Ainda que na dúvida de que aquilo pudesse gerar algum problema desnecessário, por ora precisava confiar no demônio. Além do mais, aquela não era uma situação tão imprevisível quanto fizera transparecer.

— Ótimo — concluiu, estalando os dedos. Como em um passe de mágica, uma miniatura muito mais fraca do portal de antes surgiu logo à frente de onde estavam. O seu destino era bastante óbvio.

— Acredito que te devo uma — comentou David, enquanto analisava o portal recém-formado. Ficou se perguntando quanta energia fora necessária para criá-lo.

— É claro que sim, e saiba que eu sou do tipo que aguarda ansioso por uma retribuição. — Dito isso, respirou profundamente, tomando uma postura muito mais solene e impetuosa. Então, continuou: — Eu, Behemoth III, como primeiro em comando do exército de Belzebu, garanto que estarei à sua espera no sétimo círculo, meu caro David.

Este apenas acenou com a cabeça enquanto caminhava a passos firmes em direção ao portal. Antes de atravessá-lo, porém, encarou

Behemoth uma última vez e sentiu os dedos formigarem: seja lá quem o demônio fosse de verdade, era um adversário formidável, a quem o garoto não via a hora de poder destruir.

Capítulo 4

A proposta

Dessa vez, atravessar o portal fora tão simples quanto passar por uma porta, com a adição de uma discreta vertigem. David, bem mais animado e menos moribundo, sorriu quando percebeu que não fora enganado: estava diante do palácio que tanto ansiava.

De longe não podia imaginar quão espetacular era o castelo. Construído com ouro e prata e cravejado por inúmeras pedras preciosas, muitas delas desconhecidas, parecia ter sido encomendado por um poderoso sultão de um conto de *As mil e uma noites*. David sorriu ao imaginar quantas histórias sobre piratas, gênios e imperadores ambiciosos poderiam ter se passado entre aquelas paredes.

Grande parte desse delírio era culpa de sua mãe. Desde cedo, apesar de ignorar a maior parte dos problemas do filho, sempre o forçou a ser um leitor assíduo. Em algum momento dessa disputa entre os dois, a contragosto, ele começou a se identificar com algumas histórias. Ironicamente ou não, todas elas relacionadas a grandes jornadas protagonizadas por jovens estúpidos.

Voltando a atenção ao castelo, pôde notar que em sua volta existia uma fina redoma de energia que o revestia como uma bolha.

Mesmo desconhecendo o seu mecanismo de ação, desconfiava de que aquele havia sido o motivo para não ter conseguido se aproximar da construção sem a ajuda de Behemoth. Provavelmente se tratava de algum tipo de miragem proposital, uma ilusão protetora.

Mesmo impressionado, David não tinha tempo para analisar aquilo. Precisava descobrir o quanto antes o que deveria fazer ali, e encontrar o próximo portal o mais breve possível. Como Behemoth dissera, ele não podia perder o foco.

Deu algumas voltas em torno do palácio até se satisfazer com a única entrada que encontrara. Sendo cauteloso, analisou se havia alguma chance de encontrar algum guarda, porém não sentiu nada além de uma única energia demoníaca, exatamente no centro da construção: ele decerto encontraria um príncipe ali. Mesmo sem estar convencido sobre a sua segurança, abandonou os pensamentos de perigo iminente até que fossem realmente necessários.

Abriu as pesadas portas logo em seguida e teve que segurar o queixo quando as atravessou. Impressionado, caminhou com cautela por um saguão vazio, talvez cinco vezes maior do que a casa em que morava no Brasil. Os móveis, as paredes, os lustres, tudo estava coberto por diferentes gradientes de um dourado hipnotizante e cravejado com as mais diferentes gemas.

Somente depois de voltar a si, David retomou sua busca por qualquer sinal de vida, mais uma vez em vão. Chegava a ser irônica toda aquela riqueza solitária, um modo bastante *clichê* de apontar o pecado daquele círculo. O garoto não gostava nada daquilo e desejava sair dali o quanto antes.

Encarou, brevemente, tudo ao seu redor. Ignorou as enormes escadas com degraus esmeralda, as pequenas portas de ouro maciço e qualquer outro lugar que levasse a uma sala sem portal. Sua atenção logo se fixou em um belo arco vitoriano, que levava a um ambiente impregnado com a energia de um poderoso ser.

» » »

Vários pilares compunham o novo saguão, e um longo tapete vermelho o recebeu na entrada. Na parede mais distante, à frente de um gigantesco e conhecido portal, encontrava-se um único trono de ouro, que completava com maestria a ideia do lugar: existia apenas um soberano ali.

— Então você conseguiu chegar até aqui.

Sentado no trono estava o dono daquela voz, assim como daquele círculo. Vestido com roupas claramente finas, que esbanjavam de forma peculiar a sua aparente riqueza, Mamon, o príncipe da ganância e da avareza, mostrava com um sorriso torto toda a sua arrogância.

David, estranhamente calmo, demorou algum tempo para atravessar o saguão. Durante o percurso, tentou se lembrar das histórias que ouvira sobre aquele príncipe. Até onde se recordava, era um dos poucos demônios que não fora um anjo antes da *Grande Queda*, sendo considerado uma espécie de divindade criada, inconscientemente, por vários povos da Antiguidade, muitas vezes sendo comparado à própria definição de *bens materiais*. Era um ser inescrupuloso que possuía tudo que o dinheiro podia comprar, menos uma aparência digna.

— Mamon, peço desculpas pela súbita intromissão — desculpou-se solenemente. Ele não gostava da ideia de ser tão cordial, mas aquela não era uma boa hora para mostrar insubordinação.

— Conhece o meu nome! — chiou o demônio, com traços de ironia estampados nos lábios. — Isso já conta alguns pontos para você.

— Obrigado...?

O príncipe fez, então, um movimento exagerado no trono. David pensou que ele iria se levantar, mas o demônio permaneceu onde estava. Como dito, este possuía tudo, menos uma boa aparência. Na posição em que estava agora, o garoto podia ver com exatidão o seu rosto deformado, com vários pontos da pele destruídos até a carne.

— Não me agradeça, humano. Afinal, você não está aqui para ganhar pontos — disse, com uma expressão séria. — Sabe disso, certo?

— Sim, eu sei. Estou aqui só para passar para o próximo círculo. E nada mais.

Mamon, com uma das sobrancelhas arqueadas, revirou-se novamente em seu trono. David percebeu quão inquieto ele era, mas não teceu nenhum comentário. Pela sua expressão, o demônio parecia uma criança empolgada com um novo brinquedo. Qualquer parecer descuidado poderia ofendê-lo mais do que era seguro.

— Sabe, gosto de perguntar algo aos desafiantes que chegam até aqui. Principalmente para aqueles tão *diretos* como você. Tem um motivo bem óbvio para eu ser o atual príncipe do primeiro círculo de *verdade* que vocês precisam atravessar. Gostaria de tentar adivinhá-lo?

— Eu não me atreveria — respondeu, apesar de desconfiar de um dos possíveis porquês: de todos os príncipes, Mamon certamente era o mais fraco. Um ótimo começo para uma jornada como aquela.

— A resposta é bem simples, garoto — sorriu. — Eu não apenas represento o pecado da ganância: *eu sou a ganância*. Por causa desta minha sede por mais, me tornei um mestre dos negócios na Antiguidade, desenvolvendo o método mais garantido que encontrei de conseguir o que quero. Como faz parte das regras que não podemos te forçar a nada, nada mais justo, para garantir a sua autonomia, do que começar a sua jornada com uma *pequena proposta*, feita por um especialista como eu.

Dito isso, estalou os dedos e uma névoa densa e escura subitamente engoliu o ambiente, como se fosse uma presença maliciosa, apenas esperando uma oportunidade para aparecer. David, um pouco surpreso, pegou-se colocando as mãos na lateral da mochila, mas se recompôs antes de tocar em suas armas: apesar do poder que aquela névoa possuía, ela não iria feri-lo.

— Não era a minha intenção te assustar — desculpou-se o príncipe, com sarcasmo. — Essa é a minha sala pessoal de troca. A minha habilidade especial. Ela é apenas uma prova da minha excelência como cambista, e como apostador.

David deu um passo para trás. Aquela névoa podia até não o machucar, mas a queimação que sentia na nuca era um sinal de que não era tão inofensiva quanto o demônio fazia parecer.

— O que exatamente você quer dizer com *sala de troca*?

— É simples, garoto — levantou-se. — É um grande feito você ter chegado até o terceiro círculo, mas ainda é algo factível, principalmente tendo recebido ajuda de terceiros. O restante desta aventura, porém, é improvável, para não dizer impossível. É aí que eu, Mamon, entro como a sua única chance de trocar o restante do seu curto caminho por um fim mais digno.

— Você está louco! — concluiu David. — Nessa altura do campeonato, quem aceitaria fazer um contrato com você?

— Não, garoto, você entendeu errado. Primeiro, isso passa longe de ser um contrato. Como dito, é uma simples oferta, uma troca *não oficializada*, mediada por essa névoa. A sua alma por uma adorável e pacífica estadia no Inferno, muito diferente da que vai acabar ganhando quando morrer aqui. Agora, não pense que faço isso por estar do seu lado. Não entendo o que vocês, humanos, vêm fazer por estas bandas, mas não posso deixar de usar esta oportunidade para aumentar a minha coleção de troféus. Uma boa estratégia, não concorda?

David pensou em responder sendo um tanto ríspido, mas mordeu a língua antes de começar a falar. Por breves instantes, sua mente perdeu a linha de raciocínio e ele se viu falando algo que não conseguia entender. Não demorou a notar um largo sorriso nos lábios do demônio.

— Essa névoa... — comentou com dificuldade. — Ela não está apenas mediando nossa conversa... Está tentando me controlar!

— Ninguém disse que eu não podia fazer isso — zombou Mamon. — Mas fique tranquilo. Só por ter percebido, posso dizer que estará seguro. Sinceramente, a lavagem cerebral serve apenas para poupar o meu tempo. De uma forma ou de outra você vai precisar me entregar algo caso queira a minha permissão para prosseguir. Infelizmente, este círculo é um beco sem saída para você.

O garoto esboçou uma expressão dolorida. O demônio tinha razão: ele ainda teria que pagar algum preço caso quisesse passar pelo portal, e tinha certeza de que Mamon não estaria disposto a deixá-lo partir com algo menos que a sua vida. Pelo visto, ao contrário do que Behemoth havia dito, nem todos os demônios gostavam de ver o jogo rolando. Se aquilo continuasse como estava, ele não teria escolha a não ser lutar contra Mamon.

Enquanto os dois se encaravam com seriedade, ambos se recusando a desviar o olhar, David refletia sobre qual seria o seu próximo passo, analisando friamente o peso de qualquer que fosse a sua escolha. Um grande estrondo, porém, chamou a atenção deles antes que o garoto pudesse chegar a qualquer resposta.

Pegos de surpresa, os dois foram tomados por um sobressalto quando notaram que, de repente, uma estranha figura encapuzada havia saltado do portal e caído com força no chão.

Provavelmente meio zonza por conta da viagem, levantou-se com certa lentidão e levou algum tempo para perceber que estava sendo observada. David pôde notar, apesar do visível esforço desta em esconder o rosto, que se tratava de uma garota. Assustada, e mais perdida do que deixaria transparecer, agarrou a empunhadura da espada que levava na cintura e correu em direção à saída do saguão. No entanto, não demorou a parar no meio do caminho, em transe. Mamon, antes tomado por uma mescla de surpresa e irritação pela súbita intromissão, agora se mostrava bastante animado com aquela cena.

— Dois pelo preço de um, uma ótima barganha — riu, deleitoso. — Como pode ver, garoto, esse é o efeito esperado da névoa. Neste exato momento, eu tenho total controle sobre o corpo dela. Agora é só apresentar os meus termos, e — estalou os dedos — a alma desta pobre criatura será toda minha.

David não retrucou de imediato. Sem perceber, estava novamente com os punhos cerrados, tomado por uma raiva que não gostava de sentir. Após quase sete anos naquele universo, aprendera com amargura que tanto os anjos quanto os demônios tinham o irritante defeito de acreditar ser melhores do que todos os outros seres e, portanto, donos do destino deles. Isso sempre o enfurecera.

Suspirou, então, lentamente, apagando qualquer resquício de prudência de sua alma. Abriu a mochila com calma e retirou um par de adagas negras como a noite, talhadas à mão a partir de *pedra demoníaca*, um dos materiais mais maleáveis que existiam no universo. Elas eram as suas velhas companheiras, e não viam a hora em que seriam necessárias. Bastou senti-las nas mãos para que todas as dúvidas se dissipassem.

— Mamon — começou —, se você gosta tanto assim de propostas, o que acha de fazermos uma agora?

O príncipe sorriu com vontade quando notou o que o desafiante carregava nas mãos. Pelo jeito, estava realmente animado com a oportunidade de vê-lo com as garras de fora.

— Ora, ora. Parece que finalmente você entendeu que aqui no Inferno as coisas não se resolvem com simples cordialidade — sorriu. — Vamos lá. Já que tem algo em mente, me divirta.

— É bastante simples: uma luta entre cavalheiros. Se eu vencer, terei permissão para usar o portal e, principalmente, silêncio sobre tudo o que vir aqui. Se você ganhar, levará a minha alma e a da garota.

— Não sei se gosto disso — comentou o demônio, após alguns segundos refletindo sem muito afinco. — Essa não me parece ser uma proposta tão interessante assim. Qual seria a graça de um demônio como *eu* acabar com um desafiante como *você*, a preço de algo que já seria meu por direito?

— Você não está prestando atenção nos detalhes, Mamon. Eu não tenho nada para barganhar com você neste momento, e temo que não temos muito o que apostar em um lugar como este — apontou, então, para o vazio dourado que os cercava. — Além do mais, eu poderia ficar horas discutindo o valor de minha alma com você e não a apostar sem nenhum *porém*, como acabei de fazer.

A risada do príncipe preencheu o saguão com escárnio. A sua névoa passou, em instantes, de negra para um tom vermelho sangue, o que parecia ser a prova de que o demônio havia aceitado o desafio. Sem dizer uma única palavra, ele estendeu os braços e puxou em meio ao nada um alfanje de prata, muito bem talhado, provavelmente a sua arma de caça.

— Você selou o seu destino com essas palavras, garoto. — Mamon sorria como um tolo, deliciando-se com a situação. — Espero que se arrependa disso em seus vários anos sob o meu domínio.

— Eu posso dizer o mesmo a você — comentou David, sem qualquer inflexão na voz. Estava a poucos passos do demônio e podia sentir na pele a sua sede por sangue, mas não teve medo. Mamon era um mestre das ilusões, um cambista inigualável e a personificação de um pecado capital horrível, mas não um lutador. Com os braços jogados ao lado do corpo, o garoto fechou os olhos e começou a entoar da forma mais clara que conseguiu: — *Oh, grande Rahovart. Eu, David Goffman, teu fiel servo, peço humildemente permissão para utilizar teu poder sob o peso do teu nome.*

No mesmo instante, os braços do garoto responderam ao seu pedido com agressividade, ficando envoltos por uma aura negra brilhante, que dissipou grande parte da névoa ao seu redor. Mamon, em uma mescla de surpresa e medo, deu um passo involuntário para trás, sem desviar os olhos das marcas que dançavam na pele do desafiante.

— N-não pode ser...

Antes que este continuasse, David, incapaz de perder muito tempo, mergulhou em direção ao demônio. Com as adagas em posição, deixou dois cortes enormes no peito do príncipe antes que este pudesse sequer pensar em se defender. De joelhos no chão, o demônio sorria debilmente, provavelmente arrependido de sua última aposta.

Capítulo 5

O derrotado

O grande saguão havia mergulhado em um silêncio palpável. A névoa de minutos atrás, vermelha como sangue, retornara à sua coloração negra de outrora, antes de se dissipar por completo. Um baque abafado indicara que alguém havia caído no chão, sem sentidos. Mamon, ainda sem palavras, estava paralisado na mesma posição, com um líquido viscoso e dourado escorrendo lentamente de seu tórax.

David, um pouco menos eufórico, esfregava os braços sem efeito, como se aquilo fosse acelerar o desaparecimento das marcas que tanto odiava. Enquanto isso, encarava o demônio com um pouco de desapontamento. Mesmo sabendo da inabilidade deste em lutar, era frustrante pensar que a sua primeira luta no Inferno tivesse terminado com uma patética desistência.

Contudo, sentia-se aliviado que ninguém tivesse que sair dali morto.

— Bom, isso é um tanto quanto vergonhoso — começou Mamon, após dolorosos segundos em silêncio. Seu rosto torto estava ainda mais apático e descorado do que antes. — Mas tenho que admitir que você me deu uma surra, garoto.

O desafiante não tinha dúvidas quanto a isso, mas não conseguia parar de pensar em como o preço por aquilo havia sido alto.

— Sim, mas precisei te mostrar algo que não pretendia para tal. Não sei se estou muito contente com o resultado.

— Drama é uma coisa que não combina com você — interrompeu o demônio. — Eu deveria ter desconfiado de que você tinha algo bom na manga quando fez a aposta. A sala de troca é um mediador parcial, mas, ainda assim, uma via de mão dupla. Eu tenho prioridade nas transações, mas sou obrigado a acatar as condições quando acabo — engoliu em seco antes de prosseguir, com um sorriso doloroso — *perdendo*.

Era só isso que o garoto queria escutar. Conhecia os demônios e sabia que todo grande poder vinha acompanhado de uma dualidade à altura. Desconfiara de que aquela seria a de Mamon e fizera questão de adicionar um pedido de silêncio à aposta. Já bastava Behemoth desconfiando de seu segredo, algo bastante perigoso. Não precisava que mais ninguém conhecesse as suas *mentiras*.

— Mamon, parece que estamos acabados, então — comentou, enquanto inspecionava as mãos já livres das marcas de antes. — Com a sua licença, preciso partir.

— Na verdade, ainda não posso deixar que vá. Não se preocupe, são regras *de baixo* que não posso deixar de cumprir, e que não têm nada a ver com o nosso joguinho: preciso apenas te perguntar duas coisas antes de permitir que use o portal.

David o encarou de soslaio. Apesar de este já ter se explicado, o garoto se perguntava se o príncipe estava sendo sincero sobre ter que seguir as suas próprias regras, ou se o seguraria ali para sempre.

— A primeira delas é mais uma dúvida pessoal do que uma ordem: por que salvou a garota? Depois, o mais importante: por que está aqui no Inferno?

Apesar de ser a segunda vez que ouvia aquela pergunta, ele não pôde deixar de sentir uma pontada de surpresa. Era engraçado pensar, novamente, em quantas respostas podia dar àquele simples questionamento. Todas igualmente verdadeiras.

Felizmente ou não, Mamon dera uma pista de qual deveria ser a sua retaliação. Apenas agora David se lembrava da garota desmaiada ao seu lado. Com o capuz caído, notava os fortes traços de sua feição. Era inimaginável o quanto ela deveria ter sofrido no Inferno.

— Porque eu tenho esse defeito de sempre perseguir a *minha* justiça, mas ainda sou muito fraco para aplicá-la como gostaria.

O demônio, assim como Leviatã, não teceu nenhum comentário, liberando o desafiante com um sorriso contido. Sem mais nada a prendê-lo ali, David pendurou as adagas na cintura e partiu em direção à garota, carregando-a gentilmente nos braços. Estava quase em frente ao portal quando a voz do príncipe o impediu de prosseguir:

— Não pense que estou te elogiando, garoto, mas você fez um bom trabalho suportando aquele anão rabugento — cumprimentou, um pouco encabulado. — Se tiver a chance, diga a ele que sentimos saudades, tudo bem?

Com um meio sorriso divertido no rosto, David fez questão de acenar para o demônio. Mamon tinha razão: Rahovart era *mesmo* um anão rabugento.

Capítulo 6

A garota

David rodopiou violentamente, tomado mais vez pela estranha sensação de que estava aos poucos sendo desmembrado. Quando enfim sentiu o chão sob os pés, caiu de joelhos, derrubando a garota a poucos metros de onde estava.

Ele se desculpou silenciosamente enquanto xingava em voz baixa mais uma vez pela viagem. Por isso demorou algum tempo para notar que o novo círculo era ainda mais quente do que o deserto de antes.

O garoto levantou-se e deu uma boa olhada ao seu redor. Estava escuro, mas mesmo assim conseguiu perceber que o portal pelo qual vieram estava fixado em uma grande parede de metal, enferrujada demais para transmitir qualquer segurança a quem estivesse próximo. O chão de pedra era composto principalmente por um cascalho enegrecido e pontiagudo. Por sorte, o local onde tanto David quanto a garota caíram era de um piso bem talhado, parte de um caminho que seguia muito além do corredor em que estavam, sumindo à distância.

O garoto estremeceu, assustado, ao tentar ver mais além. Mesmo com a luz do portal, não podia enxergar mais do que alguns metros à sua frente. Apesar disso, conseguia notar uma série de engrenagens gigantes, próximas de onde estavam, assim como súbitos clarões vermelhos e distantes que lembravam labaredas de fogo. Também podia distinguir, vindo de longe, o som de passos fortes, rosnados enraivecidos e o estridor de metal se chocando sem interrupção, mostrando que havia bastante movimento naquele círculo. Seja lá o que estivesse acontecendo ali, ele não se sentia confortável com a ideia do que poderia descobrir.

As mãos tremiam um pouco, o que era natural. Por mais que tivesse feito uma pose firme em frente a Mamon, David passava longe de ser um perito em usar os seus poderes. O curto período em que os utilizara era próximo do seu limite. Em prol da sua sanidade, teria de evitar a todo custo qualquer tipo de conflito que o forçasse novamente ao máximo, pelo menos nesse novo círculo.

Perdido em promessas silenciosas e vazias de que se comportaria, quase não percebeu que algo se movia devagar ao seu lado. Sem realizar nenhum movimento suspeito, observou enquanto a garota se recompunha, provavelmente com o corpo dolorido após tantas quedas. Ficou encantado ao notar que ela não era apenas linda, mas também dona de um par de olhos impressionantes, duros como nunca vira.

— Ai... — reclamou, visivelmente atordoada. Com as mãos à cabeça, coçou com vontade os longos cabelos loiros. Demorou alguns instantes para perceber que David a observava fixamente, meio bobo. Sem perder tempo, ela sacou a sua espada e, em um movimento rápido e inusitado, partiu em direção ao pescoço do garoto.

Este, mais por susto do que por reflexo, sacou as adagas da cintura e segurou a lâmina da espada no ar. Ficou impressionado com aquela reação: nunca teria imaginado que ela fosse tentar matá-lo tão de repente. Fez uma careta ao pensar em como seria motivo de chacota caso fosse considerado o primeiro desafiante a morrer nas mãos de outro humano.

— O que diabos está fazendo? — perguntou irritado, fuzilando-a com os olhos.

— Eu poderia te fazer a mesma pergunta — rebateu, igualmente irritada. Sua voz era tão dura quanto o seu olhar. — E mais: quem é você? E onde estamos?

— Ei! Não acho que estamos na melhor posição para você fazer tantas perguntas. O que acha de abaixarmos as armas primeiro?

— Abaixar? — questionou, indignada, como se só agora percebesse o que estava fazendo. Sem mostrar nenhum traço de arrependimento, recuou dois passos e apontou a espada para o chão sem qualquer pretensão de embainhá-la. Felizmente, ela parecia mais disposta a ter respostas do que a provocar alguma confusão. — Se era isso que o incomodava, agora podemos conversar.

David fez uma careta seguida por um sorriso torto. As ameaças que ela fazia eram, sem dúvida alguma, verdadeiras, mas mesmo assim a garota mostrou-se interessada em resolver as coisas de forma pacífica, uma decisão que ele não podia simplesmente ignorar.

— Bem, pelo visto você aceita uma *trégua* — disse, guardando as suas adagas na mochila como um gesto de paz. — Posso começar te dando um quadro geral sobre mim e sobre a nossa atual situação, se prometer me falar o seu nome depois. Tudo bem?

— Acho justo. Prossiga.

— Pois bem, meu nome é David Goffman. Sou um desafiante do Inferno e, nas últimas doze horas, passei do primeiro ao quarto círculo, que é onde estamos agora. Já por que você está aqui comigo, ainda tenho as minhas dúvidas, mas posso garantir que eu te trouxe para cá depois de salvar a sua alma das garras de Mamon, o príncipe da ganância. Você invadiu a nossa pequena batalha psicológica em um momento bastante delicado. Chega a ser impressionante o fato de ainda estar... *viva*?

Só então o garoto parou para respirar. Por mais que já desconfiasse, era frustrante confirmar que era um péssimo contador de histórias. Arrependeu-se um pouco de como acabou deixando muitos dos acontecimentos soltos, portanto, confusos, durante a sua fala. No entanto, a garota não pareceu se importar muito com isso. Ela havia absorvido tudo o que fora dito com incredulidade.

— Não acredito que você me trouxe para dentro de novo — comentou, enfim, em um tom impressionantemente frio. As suas mãos tremiam de raiva. — Que direito você tinha para fazer isso?

— Provavelmente nenhum — retrucou, um pouco irritado. — Pensando bem, eu deveria ter te abandonado com aquele verme ganancioso do Mamon. Não estaríamos agora nessa situação ridícula.

Ela não respondeu de imediato. Por mais cabeça-dura que aparentasse ser, sabia que ele estava certo. O Inferno não era um bom lugar para estar sozinha, ainda mais na situação vulnerável em que se encontrava.

— Você tem razão, isso te pouparia de muita coisa. De qualquer forma, agradeço pelo que fez. Não estava nos meus planos virar *brinquedo* de algum demônio.

— Disponha, hum... Seu nome é...?

— Pode me chamar de Mari. — Estendeu a mão livre de um jeito contido, com um sorriso desconfiado no rosto, mostrando descaradamente que ainda não estava satisfeita com aquela situação. David, apesar de perceber isso, retribuiu o gesto com entusiasmo.

O garoto nunca fora bom em lidar com outras pessoas. Desde pequeno, sempre foi do tipo que era descartado e humilhado pelos outros. Após a morte dos pais, o único elo humano que possuía era com o tio, que mal via e pelo qual não nutria qualquer sentimento. Levando isso em consideração, o comportamento ríspido de Mari lhe trazia muito mais segurança do que qualquer generosidade pudesse lhe garantir.

Mesmo assim, ele ainda tinha muitas incertezas quanto à garota. Principalmente sobre o porquê de ela, como morta, ter conseguido usar um dos portais. Acreditava que poderia sanar algumas dúvidas ali mesmo, nem que tivesse que forçar um pouco a relação entre os dois. Uma pena que aquela breve discussão não estivesse sendo totalmente ignorada.

Do fundo do corredor onde estavam, passos lentos se aproximavam, vindos de criaturas que David não esperava encontrar. Eram três rottweilers pretos com pelo menos o dobro do tamanho daqueles que existiam na superfície. Todos arrastavam pesadas correntes de metal, presas ao pescoço, e traziam traços de sangue fresco no focinho. A energia que emanava de seus corpos era ameaçadora.

Ele precisou morder a língua para esconder o seu encantamento. Eram espécimes impressionantes, no quesito tanto de beleza quanto no de força. Mari, indiferente, ou simplesmente acostumada com aqueles demônios, segurou o cabo da espada com firmeza. Encarava-os de soslaio, com olhos de puro desdém.

Levando em conta o que acontecera antes, o garoto imaginou que ela iria atacá-los gratuitamente, começando uma briga sem qualquer propósito. Admitia que os demônios eram gigantes e podiam facilmente matá-los em uma única investida, mas sabia que eles não representavam perigo algum. Se havia uma coisa que David reconhecia com facilidade era quando alguém estava disposto a arranjar confusão, o que não era o caso.

Com meio passo, posicionou-se à frente de Mari. Lançou-lhe um olhar de advertência assim que pôde, sem sucesso imediato. Após o que poderia ter sido uma eternidade, a garota deu o braço a torcer, embainhando a espada com rispidez. Ainda que se mostrasse ofendida, ela havia entendido o recado.

Um pouco aliviado, David deu mais alguns passos adiante, com calma. Precisava tomar a iniciativa na situação.

— Sou o desafiante do Inferno, David Goffman, e desejo falar com o seu príncipe.

Sentiu-se um pouco envergonhado por estar sendo tão educado com cachorros, mas não tinha outra escolha. Sabia, por meio das palavras de seu mestre e de alguns bons livros, que eles eram criaturas muito mais inteligentes do que aparentavam. Tratava-se de poderosos demônios de fogo, conectados aos humanos desde os tempos mais remotos, sendo considerados por muitos guardiões destes no Inferno. Eles provavelmente seriam um dos seres que melhor o entenderiam ali.

Cientes de sua função, e da importância do visitante, os cães deram meia-volta. Apontaram com o focinho em direção ao caminho de pedra, mostrando que obedeceriam ao pedido do garoto: os guiariam até o seu príncipe.

Capítulo 7

A forja

Em questão de minutos, a figura do portal se tornara um pequeno borrão azul engolido pela escuridão pegajosa daquele círculo. Suando profusamente, e ainda se sentindo fraco por ter abusado do poder de seu mestre, David relacionou os poucos passos que deram com a jornada de horas no deserto de antes.

Os rottweilers não diminuíram o passo nem mesmo por um instante. Apesar da escuridão que os assolava, a fraca aura vermelha que emanavam trazia um pouco de luz aos garotos, intrusos àquele ambiente. Aos poucos, David conseguiu identificar cada vez mais detalhes do percurso que seguiam. Naquele ritmo, não demorariam a alcançar o seu destino.

Quanto mais andavam, mais máquinas desmanteladas, engrenagens e sucatas de todos os tipos ele conseguia identificar, montanhas de lixo resultantes de anos de trabalho industrial descuidado. No final do caminho, os clarões vermelhos começavam a tomar forma e mostravam que o garoto estava certo: eram de fato bolas de fogo, provenientes de inúmeros caldeirões de magma. O que os aguardava parecia cada vez mais com a ideia que ele tinha de uma metalúrgica.

Sem perceber, o desafiante apertou com força a mochila nas costas. Não gostava daquela situação. O calor ali chegava a ser doloroso. A escuridão era uma presença quase viva. Os sons de passos arrastados e metal se chocando, cada vez mais altos, eram o prelúdio de um delírio.

Receoso, suspirou com consternação. Não tinha vergonha em admitir que sentia medo de tudo aquilo, sobretudo porque sabia que aquele sentimento era um grande aliado onde estava. Esse era um dos motivos para estar tão preocupado com Mari, que seguia o caminho sem demonstrar nada, algo que chegava a lhe dar calafrios.

Seguiram em linha reta por alguns minutos antes de finalmente alcançarem a metalúrgica. David, por instantes, sentiu-se aliviado por conseguir enxergar mais de um palmo à sua frente. Assim que percebeu o que os esperava, desvencilhou-se desse sentimento.

A configuração daquele espaço era a de uma fábrica como qualquer outra que já tivesse visto na superfície. Com as paredes levemente enferrujadas, e o chão recoberto por engrenagens amorfas e barulhentas, era composta por centenas de máquinas rústicas, que dividiam espaço com sucatas e bancadas ocupadas por ferramentas, formando uma ordem caótica que, para os olhos acostumados, deveria fazer algum sentido. Não havia dúvida de que aquela era uma linha de produção simplória, criada com o único objetivo de testar o limite de seus trabalhadores.

Uma infinidade de mortos assumia esse papel, enchendo os inúmeros corredores da metalúrgica como formigas. Sujos, esfarrapados e cheios de cortes e hematomas que pareciam longe de estar curados, eles operavam com dificuldade os mais diversos tipos de peças manuais. Para completar, vários dos rotweillers demônios rodavam de um lado para o outro, rosnando de tempos em tempos para grupos aleatórios deles.

Mais uma vez David se pegou de punhos cerrados. Parou no meio do caminho e se perguntou se de fato não havia nada que pudesse fazer para acabar com aquilo. Impotente, culpou-se pela forma como estava deixando aquele sentimento consumi-lo: ele já deveria estar preparado para qualquer cena de crueldade.

Por sorte, nem os cachorros nem Mari pareciam dispostos a compartilhar da sua dor. Envoltos por um silêncio insensível, arrastaram-no em direção a uma enorme porta vermelha, entrada da única sala fechada daquela fábrica. Ele desconfiava do que encontraria lá dentro.

Os três cães pararam na lateral da entrada e pediram, com o focinho, para que os dois seguissem sozinhos. Depois de agradecer aos guias com as mãos, David empurrou o metal tingido sem grande esforço. A claridade que surgiu foi o suficiente para atordoá-lo.

Quando voltou a enxergar, estava de queixo caído: o espaço era maior por dentro do que por fora. Em vez da bagunça de antes, ali todas as centenas de aparelhos, máquinas e bancadas, muito mais modernos e automatizados, formavam fileiras alinhadas, que mostravam organização e planejamento ímpares.

E eles eram incríveis. Enquanto andava, o garoto nem mesmo conseguia tentar adivinhar a função de metade daqueles estranhos objetos. Nenhum deles deixava de ter um toque rústico, mas possivelmente eram invenções muito mais avançadas do que aquelas existentes na superfície — tecnologia de ponta.

Mari, apesar de desta vez também estar um pouco impressionada, forçou-o a continuar caminhando, seguindo em direção a um conhecido brilho azul. No final daquela sala, depararam-se com um portal, um príncipe e as seguintes palavras:

— Vocês chegaram antes do previsto.

Aquela voz, forte e rouca, preencheu todo o ambiente, martelando na cabeça de David por alguns segundos, com uma imponência viciante. Atrás de uma grande mesa de trabalho, onde várias ferramentas e peças de metal estavam espalhadas aleatoriamente, havia um ser grotesco. Ele era alto, cadavérico e careca, e esbanjava orelhas pontudas e uma tez pastel que se esperaria de alguém no leito de morte. Usando apenas uma grande tanga vermelha como roupa, lembrava muito um *goblin* de proporções aumentadas.

Apesar da fisionomia assustadora, o demônio carregava um olhar cansado e deprimido. Aparentando estar ocupado e sem intenção alguma de encarar os convidados, ele não tirou os olhos de sua bancada enquanto os recebia.

David, antes de proferir qualquer palavra, pesquisou na mente quem seria aquele demônio. Não foi difícil associar aquela figura bizarra a Belphegor, antigo deus moabita, responsável pelo fogo e pela forja, muitas vezes confundido com o olimpiano Hefesto. Era o príncipe que representava o pecado da preguiça e, de acordo com o mestre do garoto, um oponente formidável. Diferentemente de Mamon, ganhar uma luta contra ele não seria fácil.

Então, respirou profundamente, buscando elaborar as ideias. Depois encarou Mari para tentar pressentir se ela faria algo de inusitado, o que acabou não lhe trazendo alívio: a expressão da garota era ininteligível. Frustrado, decidiu ignorá-la por ora.

— Peço perdão por termos chegado inesperadamente, mas acredito que não temos muito tempo a perder aqui, senhor Belphegor.

— Para saber o meu nome, você deve ser o novo desafiante — comentou, em um tom de voz sonolento. Esticou a coluna demoradamente antes de enfim encarar os visitantes. — Não que seja algo incomum, mas não pensei que você fosse um fedelho tão pequeno assim. Nem mesmo que fosse tão cordial.

David fez uma careta, mas não pensou em retrucá-lo com rispidez. A expressão monótona do demônio mostrava que aquele comentário passava longe de ser algum tipo de provocação: Belphegor estava apenas mencionando o que para ele era um fato, nada mais.

— Escute, humano, serei honesto com você — continuou, com uma das mãos levada ao pescoço e o olhar fixo no chão. — Não estava em meus planos que você chegasse até aqui. Aposto que Mamon estragou tudo com os seus joguinhos infantis e aquela arrogância cega. Para a sua sorte.

— Nesse ponto você tem razão. Ele me subestimou mais do que devia.

Dito isso, lançou um olhar sério para o demônio, e o manteve. Não pretendia arranjar uma briga, mas queria deixar claro que não estava ali por mera sorte. O príncipe respondeu ao gesto com um breve torcer de lábios.

— Sim, sim, não tenho dúvidas quanto a isso — disse, bocejando. Era impressionante como a sua expressão calma e monótona não havia mudado desde que haviam chegado. — E vejo que conseguiu uma *escrava* no meio do caminho, algo inesperado para um fedelho como você.

Ao compreender, com certo atraso, o que fora dito, David sentiu as bochechas queimarem. Mari, com o seu rosto vermelho por outros motivos, não conseguiu se manter impassível. Ela estava prestes a explodir.

— Como ousa me chamar de escrava? — esbravejou, com os punhos no ar. David, tomado de preocupação, entrou na frente da garota: ela ainda não podia colocar tudo a perder.

— Não, você entendeu tudo errado, Belphegor — começou, o mais rápido que conseguiu. Conhecendo por cima o peculiar regime escravocrata do Inferno, compreendia de onde vinha aquele mal-entendido. — Ela está apenas me acompanhando desde o último círculo, por causa de uma confusão com Mamon. Nada além disso.

O demônio, após passar o olhar de um para o outro por alguns instantes, coçou o queixo. Em seguida, agarrou uma peça complicada em sua bancada e começou a desmontá-la com uma habilidade incrível. Demorou alguns segundos para notar que os dois esperavam por uma iniciativa sua.

— Na verdade, foi você quem entendeu tudo errado. A garota, como morta, precisa obedecer às antigas leis dos degenerados. Quando você salvou a vida dela das garras de Mamon, acredito, uma linha de vida foi criada entre os dois, ligando a alma de ambos. Como aquele descuidado deveria ter explicado, ela agora é *propriedade* sua por direito.

Mari não se acalmou com essa explicação, e permanecia disposta a pular em cima do demônio. David, por sua vez, estava muito mais calmo. Ele era sensato o suficiente para saber que aquele tipo de posse era meramente uma formalidade sem sentido, considerando a relação dos dois e que não possuía nenhum direito sobre a garota. Afinal, ambos eram humanos.

— E não apenas isso... — tentou prosseguir o príncipe. No entanto, o garoto estava determinado a não estender aquele mal-entendido e o interrompeu antes que continuasse:

— Agradeço, realmente, pelas informações, Belphegor, mas peço que pare por aqui. Isso não muda em nada a nossa situação; em vez disso a piora. O que importa agora é a nossa partida para o próximo círculo. E preciso da sua permissão para isso.

— Claro, claro. Realmente é um assunto mais urgente. E imaginei que fosse perguntar logo sobre isso — comentou, enquanto se aproximava dos garotos. — Vou facilitar as coisas entre nós: você está aqui para tornar realidade um dos seus sonhos, certo?

— Podemos dizer que sim — respondeu de imediato.

— Ótimo. Então o portal está à sua disposição.

Com isso, ele abaixou a cabeça mais uma vez e voltou ao seu ofício. David, ainda incerto sobre o que acabara de acontecer, atrapalhou-se em escolher uma única reação. O resultado foi uma mescla de surpresa e descrença.

— Espera aí, é só isso?

— É. Você esperava algo a mais? — perguntou o príncipe, com descaso.

— Não que eu esteja reclamando, mas esperava, sim.

— Nesse caso, desculpe-me pela inconveniência, mas, como eu já disse, não esperava que você chegasse até aqui. E, como pode ver — apontou discretamente para o projeto que tinha agora em mãos, com uma careta. Agora um pouco mais encorpado, David podia perceber que se tratava de um pequeno autômato humanoide, o que era impressionante —, estou muito ocupado no momento. Não tenho condições de me envolver em todos os caprichos de Satanás.

O garoto não conseguia acreditar no que estava ouvindo, mas não demorou para se convencer de que aquilo não era um teatro. Como mencionado, cada príncipe representa e é marcado por um dos pecados capitais. Levando em consideração o funcionamento da fábrica e o número de projetos espalhados por todo os cantos daquele lugar, era difícil associar Belphegor à preguiça. Contudo, o tom monótono do demônio e a atitude que estava tomando agora mostravam a verdade por trás das aparências: ele estava sendo forçado a trabalhar. E aparentava estar próximo do seu limite.

Por mais estranho que aquilo fosse, David ficou realmente feliz. Fazia parte do seu plano chegar ao quinto círculo sem se meter em nenhum tipo de confusão. A situação em que se encontrava agora era, de longe, muito melhor do que o mais otimista dos quadros que conseguira imaginar.

Aliviado, deixou-se relaxar por meros instantes, o que viria a ser um terrível erro. Ao seu lado, aproveitando essa pequena brecha, Mari se jogou como um raio em direção ao príncipe. Com a espada em mãos, abriu um buraco na perna de Belphegor antes de sorrir convencida. O demônio, pego de surpresa, urrou de dor apenas quando sentiu o sangue negro alcançar a sola dos pés.

— Até parece que sairíamos assim — comentou, bastante segura de si. O príncipe, estancando em vão a ferida, demorou algum tempo para ter a sua expressão transformada em raiva.

— Fedelhos, humanos, imundos! — urrou, enfurecido. Sua voz, potente como um canhão, pareceu capaz de explodir as paredes da sala. — Com quem acham que estão lidando?

O seu corpo, então, ardeu em chamas de maneira viciosa. David, menos desesperado do que previra, não conseguia acreditar em como as coisas descarrilaram tão de repente. Sem perceber, abriu um largo sorriso. Observando o poder de seu oponente, tinha dúvidas de que poderia se conter e de que não avançaria em direção a uma luta sem sentido.

O garoto nascera para lutar. Por mais que tentasse se controlar e criasse limites inúteis para sua proteção, os seus braços costumavam formigar diante da menor possibilidade de um combate. O incrível poder do demônio não diminuía esse desejo. Ele só voltou a si quando percebeu que um filete de sangue escorria de sua boca. Sentiu um certo alívio ao perceber que ainda existia algo dentro de si que desejava impedi-lo de lutar: havia esperança de que ele e Mari saíssem dali sem nenhum *dano colateral*.

Belphegor parecia próximo de explodir, mas, mesmo assim, longe o suficiente para permitir uma fuga. Com essa falsa certeza em mente, David correu em direção ao portal, agarrando a mão de Mari no caminho. Esta, pega desprevenida, não ofereceu nenhuma resistência até estarem a poucos metros do seu destino. Embora já esperasse por essa reação, ele não considerou que a garota seria forte o bastante para pará-lo no meio do caminho.

— O que pensa que está fazendo?

O garoto não teve a chance de responder. Aquela rápida pausa foi decisiva para que o príncipe completasse o seu ataque. Com olhos vazios, ele notou que uma grande bola de fogo se aproximava rapidamente dos dois.

David, por instinto, jogou Mari na sua frente e a abraçou com toda a força que conseguiu. Quando o mar de chamas os alcançou, ele novamente suplicava pelo nome de seu mestre, sentindo um grande arrependimento no peito: havia sido mais uma vez obrigado a usar os seus poderes.

Capítulo 8

A separação

Tudo aconteceu rápido demais. A explosão atingiu os dois em cheio. David, por breves instantes, apagou completamente. Quando voltou a si, estava rolando sobre galhos partidos e folhas secas, ainda segurando Mari com uma vontade que parecia não ser sua.

Ao pararem, ele se afastou com urgência da garota. Não apenas por imaginar que ela poderia matá-lo por causa dessa súbita intimidade, mas também porque seus braços doíam a ponto de sentir vontade de vomitar.

Ambos os membros tremiam como há muito tempo não faziam. As manchas de antes, em geral sésseis, tremulavam com uma vivacidade que jamais vira. Ele suspirou dolorosamente, culpando-se por ser tão fraco. Para suportar o ataque de Belphegor, havia envolvido todo o corpo em energia, passando de todos os limites que já havia estipulado para si mesmo. Arrependido, perguntou-se se o príncipe tinha percebido que possuía um *contrato*, um pensamento que lhe trouxe arrepios.

A dor e a dúvida eram tão grandes que ele demorou a perceber que sua mochila estava em chamas. Assustado, abriu-a a tempo de salvar o par de adagas negras, o bem mais precioso que possuía ali.

Uma pena que o resto das coisas, sobretudo as roupas de reserva e as bolachas, das quais se esquecera completamente, agora não passassem de cinzas.

Frustrado, resolveu relevar aquilo por ora. Felizmente continuava vivo, e em um local muito melhor do que esperava. Lembrando-se de que estavam a apenas alguns metros do portal quando foram atingidos pela investida de Belphegor, não era estranho imaginar que haviam sido lançados para dentro deste com o impacto. O novo círculo, formado por uma densa floresta, trouxe novo ânimo para o garoto, e uma paz que ele não sentia desde o Limbo. Mais calmo, encheu os pulmões com vontade: sentira falta de um pouco de ar puro.

Contudo, Mari, finalmente de pé, não parecia tão feliz quanto o desafiante por estarem sãos e salvos. A poucos centímetros do garoto, encarava-o com os olhos transbordando desdém, uma das suas habilidades mais marcantes. David, escondendo sem sucesso os braços ainda marcados, retribuiu o olhar com frieza.

— Fugir com o rabo entre as pernas não é algo muito nobre, sabia? — comentou, irritada.

— Você podia ter nos matado, Mari. Onde diabos estava com a cabeça?

— Ora essa! Onde *você* estava com a cabeça? Falando daquele jeito manso com um demônio como aquele! Tentando me impedir de atacá-lo por medo de ter de lutar. Nós deveríamos ter acabado com ele ali mesmo!

— Justamente por ser um *demônio como aquele* eu tive que agir daquela forma. Mari, por toda a santidade do mundo: ele era um príncipe, não um boneco com o qual dois humanos poderiam brincar como desejassem!

— Besteira! Você mesmo disse que ganhou de Mamon em uma luta. Ou será que falou aquilo só para me enganar?

— Eu não mentiria sobre algo assim. Eu ganhei, mas o preço foi mais alto do que você pode imaginar.

— Não quero desculpas, David. Se estiver disposto a falar a verdade, eu adoraria ouvir sobre o que realmente aconteceu. Ou, ao menos, sobre o que você parece esconder tão desesperadamente!

Após encará-la pelo que pareceu uma eternidade, o garoto virou o rosto, sem responder. Ele confiava na garota da mesma forma que confiava em Behemoth: estava disposto a respeitá-la e ajudá-la, mas conversar sobre coisas pessoais estava fora de questão. Além do mais, duvidava muito que ela entenderia algo sobre a sua situação. Explicar sobre Rahovart só lhe traria dor de cabeça.

— Covarde! — concluiu, bufando. David aguardou pacientemente que ela cuspisse a seus pés. Felizmente eles ainda não haviam chegado naquele nível.

— Sim, eu sou um covarde, mas apenas porque tenho noção de como sou fraco — retrucou, levantando-se devagar. Seus olhos estavam vazios de um jeito assustador. — Mari, existe uma grande diferença entre ser forte e genuinamente ignorante. Eu sinceramente espero que um dia você consiga entender isso.

A garota cerrou os punhos. Não estava atormentada somente pela raiva, mas também pela incerteza. No fundo, sabia que David estava apenas sendo sensato, mas morreria mais uma vez antes de admitir isso. Por mais errada que muitas vezes soubesse estar, ela havia prometido, desde que chegara ao Inferno, que nunca mais demostraria fraqueza, uma perigosa filosofia de vida.

— Pelo visto eu tinha razão. Não iríamos nos dar bem nem se tentássemos — comentou por fim. — Foi aceitável enquanto durou, mas não vejo mais motivos para prolongar isso aqui, David.

Com essas palavras, virou-se de costas e partiu a passos largos em direção ao nada, antes mesmo que o garoto pudesse protestar. Um pouco surpreso com uma resposta como aquela, David cogitou correr atrás da garota e convencê-la a ficar, mas sabia que não tinha o direito de fazer isso. Afinal de contas, ele mesmo já havia concluído que não era o seu dono.

— Ai, ai. Logo agora que eu tinha encontrado alguém para me acompanhar — reclamou, enquanto se jogava de costas no chão em sinal de derrota.

No fundo, porém, sabia que não tinha do que reclamar. Pela primeira vez percebia como o céu daquele círculo era lindo. Só aquilo já foi capaz de tranquilizar parcialmente o seu âmago.

Uma hora ou outra eles iriam ser obrigados a se separar. Mortos e vivos andando juntos nunca foi considerado um sinal de bom agouro. Fora isso, ele estava contente em garantir que essa separação fosse em um lugar tranquilo como aquele. A garota com certeza ficaria bem.

Capítulo 9

A floresta

Desde pequeno, David sempre adorou estar entre as árvores. Havia crescido na zona norte de São Paulo, grande selva de pedra no Sudeste do Brasil. Lá, incentivado pelo pai escoteiro, passava suas férias acampando dentro da Serra da Mantiqueira, embebido por uma alegria tola e única da qual sempre se lembraria com bons olhos.

O garoto adorava o pai. Ele era um homem de meia-idade antiquado, animado e cheio de uma arrogância que David sempre admirou muito. Em noites de Lua cheia eles sempre acampavam, nem que fosse no quintal de casa. Já enrolados em seus sacos de dormir, passavam horas conversando sobre as mais diversas trivialidades, um dos seus momentos preferidos.

Após a morte dos pais, porém, o garoto começou a sentir um pouco de repulsa pela selva que sempre amara. Ele só voltou a se entender com a natureza meses depois, quando precisou de um local para treinar longe de olhos humanos *normais*. A serra, ainda mais próxima da casa do tio, mais uma vez virou o seu refúgio. E um ótimo incentivo.

Ele pensou bastante sobre o assunto enquanto permaneceu deitado próximo ao portal, descansando da longa jornada que havia enfrentado. Muito mais calmo e livre de toda a adrenalina que o empurrara até então, percebia, afinal, quanto já havia caminhado. Mesmo que tentasse negar, estava muito orgulhoso de si mesmo.

O único gosto amargo que tinha na boca era aquele deixado pela discussão com Mari, mas, novamente, ele sabia que não poderia evitar a separação dos dois. Agora sua única alternativa seria procurar sozinho por seu destino, e torcer para que a garota fizesse o mesmo.

Após quase meia hora deitado, encarando despretensiosamente o lindo céu daquele círculo, levantou-se enfim. Sem a menor ideia de para onde ir, fechou os olhos e buscou pelo som de qualquer galho se partindo que pudesse servir de pista. Estranhou quando, por um breve instante, sentiu com exatidão a presença de pequenos aglomerados de demônios a uma distância que não estava acostumado. Mesmo surpreso, nenhum dos grupos lhe chamou a atenção: tratava-se de simples bestas que não poderiam ajudá-lo.

Sem muita escolha, traçou mentalmente uma linha reta entre o portal do qual viera e a floresta, e seguiu confiante por essa trilha imaginária. Manteve os olhos e o coração, desde o começo da caminhada, atentos para qualquer informação ou perigo que pudesse encontrar. Não demorou, porém, a se ver inteiramente relaxado.

Por mais que sentisse estranhos calafrios vez ou outra, não havia como ficar alerta em um lugar como aquele. Clareiras convidativas o imploravam a fazer uma pausa. As árvores, altas e de copas vistosas, transformaram-se em uma brincadeira de escalada irresistível e em belos mirantes daquele gigantesco tapete verde. Um lago de águas cristalinas, perdido entre troncos e videiras, abrigava uma série de bestas fascinantes, que ele nunca imaginou um dia poder conhecer. Nenhuma delas estava disposta a brigar.

Alheio às necessidades de David, o Sol começara a dar sinais de sua partida antes que este conseguisse qualquer informação sobre a localização do novo portal. Apesar do bom ânimo que o acompanhara durante todo o dia, o garoto não encarou bem a situação em que estava.

Teria de passar a noite no Inferno, sozinho e relativamente indefeso, em um local aberto e infestado por dezenas de bestas. Mesmo que não tivesse encontrado nenhum perigo até então, conhecia a predileção da maioria dos demônios caçadores pela escuridão. Para piorar, estava com fome e sono, uma combinação mundana da qual inocentemente imaginou que estaria livre durante a sua jornada.

Ele praguejou baixo antes de cravar os pés no meio do caminho. Preocupado, refletiu sobre as possibilidades que tinha em mãos e, de todas as escolhas inteligentes, optou pela pior: continuaria andando até não aguentar mais, torcendo para encontrar o próximo portal.

Por sorte, não chegou a dar mais do que meia dúzia de passos. A poucos metros da trilha pela qual seguia, notou com o canto dos olhos o aparecimento de uma claridade tremulante. Sem qualquer alarde, alguém havia montado acampamento bem próximo de onde estava.

Por reflexo, David se escondeu atrás da árvore mais próxima. Um pouco receoso, analisou de relance a clareira onde a fogueira foi acesa. O máximo que conseguiu enxergar foi uma sombra humanoide, que atiçava com uma vareta um punhado razoável de lenha. Mesmo que estivesse distraído, estranhou o fato de não ter pressentido aquilo. Perguntou-se, em vão, se o estranho já havia notado a sua presença.

Largou rapidamente, porém, aquela linha de questionamento. Sabendo ou não que estava ali, o ser da fogueira era a sua melhor chance de descobrir a localização do próximo portal. O garoto só precisava decidir que tipo de abordagem faria ao desconhecido: conhecendo a sua situação, não podia descartar a possibilidade de que aquilo talvez fosse uma armadilha. Superconsciente da sua nova afinidade por *energia espiritual,* e de que aquela distância seria ideal para uma análise, fechou os olhos mais uma vez. Assim que identificou a criatura por entre as árvores, estremeceu.

David já não tinha dúvidas de que se tratava de um demônio. Mesmo assim, a energia que este emanava era diferente da de qualquer criatura que um dia já tivesse encontrado. O garoto não sabia explicar, mas este possuía uma aura tão calma e pacífica que cabia mais na descrição de um anjo do que na de qualquer outro ser. Uma das poucas certezas que adquirira era a de que o estranho era assustadoramente poderoso.

Cheio de perguntas, viu-se curioso como há tempos não ficava. Com cautela, caminhou a passos firmes em direção à fogueira, situada no centro de uma pequena clareira, assistida pela luz de milhares de estrelas e acalentada por uma doce brisa noturna. De cada lado do fogo havia um pedaço de tronco caído, compondo um conveniente par de bons bancos. Sentado em um deles encontrava-se um homem alto e musculoso, que brincava com o fogo com um cuidado paternal, como se este fosse um velho amigo.

Como suspeitado, ele era um demônio de ares pacíficos. Negro como a noite, exibia o busto despido e forte, enfeitado por uma infinidade de colares, das mais diversas cores. Mesmo com a pouca iluminação, David pôde perceber que os seus olhos eram brancos e vazios. *Inúteis*, foi o que passou por sua cabeça. Ao seu lado havia uma grande sacola de couro de contornos amorfos, lacrada por múltiplos nós.

— Com licença — chamou, batendo duas vezes no tronco mais próximo. — Sinto muito pela intromissão, mas gostaria de saber se posso lhe fazer companhia.

O demônio, sem se mostrar surpreso ou sequer encará-lo, acenou com um sorriso para o tronco à sua frente. Sem cerimônias, o garoto sentou-se satisfeito. Depois disso, passou-se um incômodo minuto de silêncio, em que David esperou por uma iniciativa que parecia não vir. O estranho, dono de uma paciência ímpar, parecia ocupado demais, brincando com uma enorme fruta vermelha recém-retirada de sua sacola, para lhe dar qualquer atenção. Com desenvoltura, fincou a fruta na vareta que tinha em mãos e começou a rodá-la sobre o fogo.

— Presumo, meu jovem, que você seja David Goffman — comentou enfim. Sua voz, solene e profunda, transmitia uma paz que o garoto não conseguiu descrever. — O novo desafiante.

— Sim, senhor, o próprio.

O demônio acenou com a cabeça. Tinha um meio sorriso verdadeiro no rosto quando estendeu um dos braços para o visitante e lhe ofereceu a fruta, agora tostada. Só de sentir o cheiro, David começou a salivar.

— Perdoe-me pela minha pobre hospitalidade, meu caro, mas isso é o máximo que posso oferecer no momento. Por sorte, é uma delícia: um minuto no fogo e nunca mais vai querer comer outra coisa.

O garoto não duvidou, nem por um instante, de que fosse uma delícia. E também abandonou a desconfiança de que estivesse sendo enganado, e de que tudo aquilo não passasse de uma armadilha. Fazia, afinal de contas, parte de sua filosofia aceitar a ajuda de qualquer um que lhe oferecesse a mão. Além disso, não havia comido nada desde o avião.

Agradeceu ao demônio antes de agarrar o graveto com vontade. Abriu a fruta com os dedos, e já na primeira mordida, derreteu-se por dentro. Era um sabor maravilhoso, que mudava dentro de sua boca a cada nova mordida, como se cada pedaço estivesse passando por uma deliciosa metamorfose. Duvidava que algum dia já tivesse experimentado algo mais saboroso do que aquilo. Encarou o demônio, que estava separando uma porção para si mesmo, com os olhos em êxtase. O estranho tinha razão: ele poderia comer aquilo para sempre.

— Meu Deus! — exclamou, sem saber ao certo o que dizer. — Isso é maravilhoso!

— Sabia que iria gostar, meu jovem — comentou o demônio, rindo com delicadeza. — Mas não se impressione muito, são apenas romãs. Garanto que, se criadas no solo certo e pela criatura certa, elas ficam deliciosas.

David não se importou por serem simples romãs, muito menos questionou qualquer uma das informações adquiridas. Seu cérebro simplesmente se desligou por algum tempo. Quando se deu conta, já estava terminando a quarta fruta, enquanto o seu acompanhante, já satisfeito, parecia perdido nas constelações que não conseguia enxergar. Um pouco envergonhado, largou o graveto no chão antes de retomar a conversa.

— Eu agradeço pela comida. Estava deliciosa.

— E eu agradeço pela companhia. Já fazia um bom tempo que ninguém dividia uma boa refeição comigo.

— Mas o senhor sabe bem que dividir uma refeição não era a minha intenção quando me juntei a você, certo?

O demônio respondeu com um largo sorriso. David não demorou para perceber que também sorria. Estremeceu ao imaginar os possíveis porquês de seu gesto involuntário, mas logo sossegou. O estranho tinha uma energia contagiante: era natural que o garoto se sentisse envolvido.

— Sim, meu caro, não tenho dúvidas de que não tenha sido para comer com esse velho largado à própria sorte, mas fico feliz mesmo assim. Eu, como morador e apreciador do Inferno há tantos anos, não consigo acreditar em como vocês, desafiantes, se tornam tão enfeitiçados quando vêm até aqui. Por isso, aprendi a apreciar gestos como o seu.

— Não sei se posso concordar com o senhor — comentou, levemente intrigado. — Não entendi ao certo o que quis dizer com *enfeitiçados*...

— É simples. Vocês, jovens ambiciosos, vêm até aqui com um objetivo em mãos e parecem repeti-lo mentalmente o tempo todo, como se fossem esquecê-lo se não o fizessem. Estão sempre cegos, com a mente tão fechada, incapazes de perceber que aqui embaixo há coisas as quais vale a pena aprender. E admirar.

Demorou alguns segundos para que David digerisse integralmente aquelas palavras. Em um primeiro momento, ofendido, pensou em como se defender daquela descrição descabida, mas logo desistiu. Em silêncio, encarou as mãos sem vontade e deixou-se levar pelas lembranças que tinha das últimas horas. O demônio tinha razão. Mesmo antes de chegar ao Inferno, desde a amarga morte dos pais, deixara-se ficar preso por seus objetivos, completamente cego ao mundo que o cercava. Sem perceber, manteve-se bitolado em pequenas nuances que sabia que não levariam a bons lugares.

— Mas não se preocupe tanto — prosseguiu o demônio, provavelmente ciente do pesar que havia causado. Sorria como sempre, com doçura. — Posso ver muito além do que você imagina, meu caro. Acredite em mim quando digo que sei bem como foi a sua jornada até aqui. Posso dizer que é muito diferente dos outros.

— Agradeço pelo elogio, mas o senhor não sabe do que está falando. Eu provavelmente não sou diferente de nenhum dos que vieram antes. Sou apenas mais um idiota em busca dos Céus pelos motivos errados.

— Você é muito jovem para ser tão dramático — zombou. — Se de fato não consegue ver a verdade por si mesmo, por que não revive comigo, racionalmente, estas últimas horas em que esteve aqui no Inferno?

— Adoraria não ter de perguntar isso, mas o que exatamente você quer dizer com *reviver*?

— Simples, meu caro. Vou enumerar em palavras tudo aquilo que você se recusa a aceitar. — Fez, então, uma breve pausa, tomando fôlego. Sua postura estava consideravelmente mais solene. — Você conquistou de verdade a atenção de Leviatã e de Behemoth, dois demônios que julgo serem exímios em suas devidas funções. Passou pelo Limbo sem causar nenhum problema desnecessário, sendo sempre cordial e compreensivo com aqueles de menor poder. Sentiu compaixão e impotência por todos os mortos que encontrou pelo caminho. Compreende as próprias fraquezas e tenta ao máximo contorná-las. Salvou uma garota que nem conhecia e estimou a sua companhia, apesar de ela, digamos, só ter lhe causado problemas. E, por fim, e provavelmente o mais importante, evoluiu muito nas poucas horas em que esteve aqui, tanto como pessoa quanto como *contratante*.

Uma onda de adrenalina percorreu o corpo de David, levando-o a perder a cor da pele e eriçando cada pelo que possuía. O seu estômago revirou-se dolorosamente, nauseado pelo que ouvira. E não era para menos: o demônio não apenas conseguira citar dados específicos de sua jornada, como se o estivesse observando desde o início, como também descobriu sem dificuldade que ele possuía um contrato. Contudo, o que mais deixou o garoto atordoado foi perceber que nada do que ouvira parecia tê-lo incomodado de verdade. David perdeu algum tempo encarando com intensidade o estranho. Não sentia nenhum tipo de maldade vindo de suas palavras, o que ele não conseguiu distinguir como ruim ou não.

— Quem diabos é você? — perguntou, levemente ríspido. — E como sabe tudo isso?

— Eu não estava errado em pensar que você gosta das coisas bem diretas — comentou, sorrindo. — Pois bem. Se o que deseja é um nome, pode me chamar de Asmodeus, meu caro. Com todo o prazer.

A mente de David viajou para longe. Conhecia o nome Asmodeus e várias das confusas histórias cantadas sobre essa alcunha. Considerado por muitos como "o rei esquecido de Sodoma", Asmodeus havia sido um humano vil, imortalizado como demônio por causa de suas ações. Era uma criatura poderosa que, segundo as lendas, possuía a aparência de uma gigantesca quimera de três cabeças, cada uma representando uma faceta de sua divindade. Como príncipe, representava a luxúria, o pior dos pecados.

Lembrando-se disso, o garoto hesitou em acreditar no que ouvira. Afinal, à sua frente se apresentava um homem, apesar de forte, cego e com uma aparência física normal, sem nenhuma semelhança com o grande demônio que afirmava ser. Asmodeus rapidamente percebeu isso.

— Acredite quando digo que é raro conhecer alguém que venha para cá com certo conhecimento mitológico — elogiou-o com sinceridade. — Sei o que está imaginando, e posso garantir que de fato sou quem digo ser. As formas que uso neste momento, porém, não se assemelham em nada com o meu corpo verdadeiro. Assim como a minha visão, ele me foi retirado como punição pelos atos que cometi séculos atrás.

Só então David lembrou-se de uma antiga história que escutara de seu mestre. Asmodeus, após envolver-se com uma humana de nome Sarah, matando todos os seus pretendentes, havia sido aprisionado no ponto mais alto de uma cadeia montanhosa e castigado impiedosamente pelo arcanjo Rafael, a mando de Deus. Depois de ter sido liberado, foi expulso do Inferno e condenado a vagar pela Terra por todo o sempre. Lembrando-se disso, agora era a sua presença ali que soava estranha.

— Pensei que estivesse banido deste lugar.

— Sim, fui proibido de visitá-lo por muitos séculos — admitiu, amargurado —, mas Satanás arquitetou o meu retorno há algumas décadas.

Eu só não tenho mais nenhuma função por aqui. Perdi minha posição como príncipe, meus mortos, minha autoridade e meu respeito. Por sorte, posso ir e vir quando desejar.

— Eu não entendo. Se foi mesmo destituído de todo o seu poder, o que você ainda faz aqui embaixo? E outra coisa: ainda não me respondeu sobre como sabe tanto a meu respeito. Faz parte das regras que vocês, príncipes, não conversem entre si.

O demônio inspirou profundamente. Seu doce sorriso havia se transformado em um simples esboço. Os olhos, mesmo inúteis, encaravam David como se pudessem interpretá-lo com facilidade. Mesmo incomodado com a energia que o príncipe agora irradiava, o garoto não voltou atrás em suas palavras.

— Vejo que Rahovart não mudou nada em todos esses anos, meu jovem. Ele sempre foi cabeça-dura, e, mesmo sob ameaça, sempre se recusou a disseminar fatos sobre aqueles com os quais ele não se entendia completamente. Dizia que não era da sua natureza propagar intrigas e disseminar calúnias. Mesmo que eu também tenha me tornado um grande adepto dessa visão, acredito que ele deveria ter contado mais sobre mim.

Asmodeus agora falava em pausas e com calma. Escolhia bem as suas palavras e selecionava friamente as verdades que arrancaria do desafiante. Era uma pena que este, mesmo sentindo-se invadido, não pudesse reclamar: ele já nem mesmo estava surpreso pelo demônio saber com quem era o seu contrato.

— Mudanças não fazem parte das habilidades do meu mestre — admitiu, sem muita vontade. — Principalmente quando vão contra o restrito conjunto de regras que definem o seu ideal de justiça.

— Eu não tenho dúvidas quanto a isso, meu caro. Apenas me questiono quanto você sabe sobre a minha relação inquietante com Rahovart, ou até mesmo sobre a minha expulsão do Inferno. E quanto essa falta de conhecimento poderá afetar o seu progresso.

— Sobre a relação de vocês dois, desconheço absolutamente tudo. Quanto à sua expulsão, conheço a história do sequestro de Sarah e da punição que recebera de Rafael.

— Ah! Rafael... Eu ainda me lembro da primeira vez em que me encontrei com aquele jovem anjo arrogante, *meu outro lado da moeda* — zombou, perdido em lembranças recheadas de ironias, apesar de dolorosas. — Mas isso não vem ao caso, meu caro. No final, Rafael veio a ser apenas um carcereiro especial, que não teve relação alguma com a minha expulsão. Ao contrário do que é lecionado na Terra, foi o dom que recebi durante os anos de confinamento que me fez ser banido. Uma habilidade rara, que apenas os Serafins possuem: a clarividência.

David, fatalmente atento, quase caiu para trás ao ouvir aquela última palavra.

— Espere, clarividência? Você não pode estar falando sério!

— Mas estou, meu jovem. O poder de ver o futuro, o passado e o presente como se fossem um só. Uma habilidade única, como eu disse, incomum a alguém da minha origem. Interessante, não é mesmo?

O demônio não precisou que o garoto respondesse. Os olhos deste brilhavam com um interesse genuíno. Era, sim, uma habilidade incrível, que ele nunca imaginou poder presenciar de perto. Afinal, os Serafins eram uma classe de anjos privilegiada, que nunca apareciam diante de outras criaturas senão o próprio Deus. Eram seres pelos quais ele não nutria qualquer esperança de um dia conhecer.

— Isso explica muita coisa — comentou o garoto, lembrando-se do número de fatos que Asmodeus havia adivinhado até então, e da estranha energia que emanava de seu corpo: existia, literalmente, um pouco de anjo dentro do príncipe. — Você não é um simples demônio, é muito mais do que isso.

— Não, meu jovem, eu sou um demônio como outro qualquer. A única diferença é que eu aprendi a minha lição, algo a que os meus semelhantes nunca foram particularmente adeptos. Aprender com o passado é quase um tabu por aqui.

Embora não tivesse compreendido por completo aquelas palavras, David concordou com a cabeça. Estranhamente ciente do mundo ao seu redor, encarou mais uma vez a noite que os cercava e a floresta que ainda não pretendia usar de quarto. Lembrou-se de que precisava descobrir ainda naquele dia a localização do novo portal, e que não poderia deixar que a conversa divagasse tanto quanto naquele momento. Ele só precisava sanar mais algumas dúvidas.

— Quer dizer que você foi expulso por ter desenvolvido um poder que apenas os Serafins possuem? Apesar de insensato, eu convivi com demônios por tempo suficiente para saber que eles não devem ter aceitado isso com tranquilidade.

— Exatamente, meu caro. Fora uma decisão insensata, mas que para a maioria deles fazia muito sentido. Naquele tempo ainda não tínhamos uma boa divisão dos círculos, e as medidas tomadas pelo *conselho dos regentes* eram consideradas absolutas. Quando estavam me julgando, Rahovart foi um dos poucos que teve coragem de defender a minha volta. Apesar de ser um duende rabugento e possuir um gênio terrível, sempre foi a favor da justiça e da paz aqui no Inferno. Como braço direito de Satanás, ele acreditava que a minha presença como príncipe seria fundamental para a realização de seu grande sonho: *a autonomia dos círculos*. Mesmo assim, não demorou para que a nossa relação mudasse para pior.

O demônio fez uma pausa. Fechou os olhos por alguns instantes antes de continuar. Sua expressão assumiu um ar de profunda tristeza.

— Ainda não estava acostumado com o meu poder e admito que, de longe, não era tão sábio ou frio quanto hoje. Todos os dias eu tinha visões terríveis sobre assuntos que iam além do meu escopo como príncipe, incluindo a morte precoce de Rahovart, que me assombravam com uma frequência assustadora. Não do seu espírito, como você, meu caro, já deve saber, mas do *casulo* que o prendia ao *plano real*. Eu era alertado constantemente de que, caso ele não tomasse cuidado nem diminuísse as suas idas à superfície, estaria em sérios apuros. Mas ele nunca me ouvia, e sempre revidava com agressividade. O resultado foi que, depois de quase trezentos anos de conflito, Rahovart simplesmente desapareceu, sem deixar para trás nenhuma prova de que um dia já tenha existido além das nossas lembranças.

— Eu entendo — comentou David, após respeitar um bem instaurado minuto de silêncio. — E sinto muito. No final, vocês eram apenas amigos desentendidos. Podia ter começa...

— Amigos? — repetiu o demônio de repente, interrompendo o garoto com uma gargalhada indelicada que não conseguiu reprimir. David, confuso, sentiu as bochechas queimarem um pouco. — Não se envergonhe, meu jovem, mas não pude evitar o riso: esta é uma visão muito inocente para alguém que veio desafiar o Inferno. Demônios e anjos não têm amigos, acredite em mim. Temos metas e preocupações preestabelecidas, que muitas vezes se cruzam. Apenas isso.

David desviou o olhar, contrariado. Sentiu-se envergonhado não por sua suposição, que ainda julgava verdadeira, mas por ter mostrado a alguém um lado infantil que sempre tentava esconder. Mordeu a língua para não comentar que *preocupações preestabelecidas* era apenas um jeito frio usado para dizer que se importa com alguém.

— Se esse é o caso, acho melhor voltarmos ao que interessa — recomeçou. — É uma bela história a que me contou, e agradeço por tê-la dividido comigo, mas não acredito que ela tenha mudado em nada a minha vida. Muito menos a minha jornada.

— Tenha paciência, meu caro. Como eu disse no começo, há muitas coisas aqui que merecem ser apreciadas e aprendidas. Minha história com Rahovart é apenas um pano de fundo para uma consequência do seu destino que pretendo deixar clara, e que julgo fundamental para que você encare sem culpa o que está por vir.

David suspirou profundamente. Perguntou-se quanto Asmodeus ainda tinha para contar, mas não perdeu tempo procurando por uma resposta. No fundo, estava curioso para descobrir o que o demônio estava disposto a lhe dizer, e não tinha dúvidas de que aquela conversa seria vital para a tomada de decisões futuras.

— Meu jovem, quando chegou a este círculo, notei que se assustou ao fechar os olhos. Provavelmente já deve ter reparado que a sua capacidade de detecção, comum a grande parte dos contratantes, evoluiu de forma exponencial. E eu garanto que esta não é a única mudança que anda acontecendo.

— Admito que reparei nisso e que, sinceramente, me assustei um pouco quando percebi. Só não entendo aonde quer chegar com isso, Asmodeus.

— Entende, sim, apenas não deseja aceitar. Você é inteligente e sabe que um contrato com um demônio não é um simples *pacto*, mas a formação de uma unidade estável entre dois seres. A sua vontade *sobre-humana* de lutar e a sua evolução como *demônio* apontam para algo bastante óbvio, que você certamente está começando a perceber. Agora, consegue me dizer aonde eu pretendo chegar?

O garoto sentiu o estômago voltar a se contorcer com força. As mãos formigavam um pouco, brancas como nunca as tinha visto. Ele encarou o chão com olhos vazios, enquanto afastava da mente o pensamento de que Asmodeus estava certo. E de que a sua passagem por ali era muito mais do que um mero desejo seu.

Lembrou-se, inconscientemente, da promessa que havia feito a Rahovart antes de começar a treinar e aprender sobre anjos e demônios: enfrentaria os Céus e o Inferno por ele, em troca do poder para vingar os seus pais. Não havia nenhuma menção a qualquer sacrifício naquelas palavras.

O garoto abriu a boca para despejar em Asmodeus, com urgência, uma nova leva de perguntas, mas não conseguiu prosseguir. Sentiu uma forte pontada na boca do esôfago, que resultou em um atordoamento momentâneo. Quando voltou a si, estava com a cabeça a poucos metros da fogueira, curvado sobre o próprio abdome.

— O-o que f-foi isso? — gaguejou, enquanto procurava pelo olhar do príncipe. Este carregava uma expressão bastante preocupada no rosto.

— Parece que os meus pequenos acabaram de encontrar a nossa jovem guerreira. Perdoe-me pelo imprevisto: foi mais cedo do que, até mesmo eu, esperava.

A dor não tardou a desaparecer completamente, porém David continuou atordoado. Com as mãos na cabeça, demorou algum tempo para relacionar a figura de uma guerreira com a sua antiga parceira.

— O que a Mari tem a ver com isso?

— Muito mais do que imagina, meu caro. Como Belphegor tentou lhe dizer, as vidas de vocês dois estão intimamente ligadas pela relação estabelecida por Mamon, tal qual um fio vermelho do destino. Logo, se ela estiver em perigo, você, como mestre dela, deve pagar com a própria vida.

De modo súbito, David sentiu-se nauseado. Lembrou-se de que Belphegor estava disposto a falar mais sobre a situação dos dois no círculo anterior, e arrependeu-se um pouco por tê-lo interrompido. Arrependeu-se também por ter deixado Mari partir tão facilmente. O resultado daquela separação impensada, por mais inocente que os motivos tenham sido, havia colocado a garota em perigo mais uma vez. E a culpa disso era totalmente dele.

— Eu preciso salvá-la.

Capítulo 10

A tribo

Quase uma hora havia se passado desde que David sentira a primeira pontada no estômago. Sabendo que Mari estava em perigo, ele não pensou duas vezes sobre o que deveria fazer. Levantou-se do tronco onde estava e, depois de agradecer a Asmodeus por todas as informações passadas, avançou em direção à floresta.

Chegou a dar meia dúzia de passos antes de voltar à fogueira. Um pouco envergonhado, percebera que não fazia a mínima ideia de como encontraria a sua parceira. Asmodeus, rindo, já esperava por isso.

O demônio pediu para que este se sentasse novamente. Com desenvoltura, o ensinou a enxergar a linha que ligava os dois, uma tarefa relativamente simples para o garoto, sensível a qualquer forma de energia espiritual. Depois, antes que ele saísse correndo mais uma vez, ofereceu-lhe uma proposta: ele o levaria voando até Mari como pedido de desculpas pelos problemas que o seu círculo havia causado. Por mais que julgasse aquilo desnecessário, David não estava em condições de recusar.

Asmodeus solicitou, então, que ele se afastasse da clareira. Levou uma das mãos em direção à fogueira, que se apagou instantaneamente. Afastou os dois troncos em que estavam sentados como se não passassem de pesos de papel. Fechou os olhos por meros instantes e curvou-se um pouco quando duas enormes asas negras surgiram de suas costas, magníficas.

Ciente de que o desafiante estava boquiaberto, acordou-o chamando por seu nome, com um grande sorriso. Uma das mãos estava estendida em sua direção: eles não tinham tempo a perder.

David engoliu em seco antes de aceitar o convite do demônio. Sentiu o sangue se acumular em seus membros quando percebeu que, com apenas um sorriso debochado no rosto, Asmodeus já havia desgrudado do chão. Com uma elegância única, desviou de dezenas de galhos e folhas antes de alcançarem os céus.

Pairaram acima da clareira por alguns instantes. Pendendo apenas por um dos braços, a vários metros de altura, David viu-se invadido por um medo familiar pelo qual era apaixonado. Animado, não tentou esconder a sua alegria quando com um impulso entraram em voo de cruzeiro. Sentiu-se livre e deslumbrado.

O garoto sempre teve em mente que os humanos possuem um desejo intrínseco de conquistar os céus. Apesar de aviões, helicópteros ou qualquer outra invenção conseguirem colocá-los a alguns metros do chão, ele sabia que o verdadeiro sonho de sua espécie era poder vivenciar o que estava realizando agora: o vento frio batendo no rosto em rajadas, o gostoso frescor das nuvens sendo destruídas, o céu estrelado transformando tudo em uma jornada mágica, uma liberdade difícil de ser descrita. David estava maravilhado com tudo aquilo. Tanto que nem mesmo percebeu que o demônio o havia soltado e que ambos pairavam lado a lado, de braços abertos, enquanto deslizavam sobre o nada.

Apesar do barulho do vento e do estado de êxtase de seu acompanhante, Asmodeus aproveitou parte do trajeto para explicar sobre algumas coisas que o garoto já deveria saber. Por exemplo: ser dono de um morto não era apenas um fato que David desconhecia ter aceitado, mas também um peso que nunca havia imaginado. Pelas palavras do demônio, todos os mortos que habitavam o Inferno, por se tratarem do que chamou de *fragmentos de realidade*, o que pode ser traduzido como *fantasmas*, necessitam de um contrato com outro ser para manterem uma forma material.

Até aquele ponto, pelas poucas palavras de Belphegor e por seu razoável conhecimento sobre o Inferno, David se considerava capaz de deduzir sozinho. A questão é que ninguém havia mencionado que essa ligação se tratava de uma relação recíproca, na qual o dono do morto deveria protegê-lo com o preço de sua vida. Os únicos isentos desse dever eram alguns demônios poderosos, o que, infelizmente, não era o caso do garoto.

Voaram, então, em silêncio por algum tempo. A linha da vida que seguiam ficava cada vez mais espessa, mostrando que estavam se aproximando de Mari. Quando estavam perto o suficiente, David fez sinal para que Asmodeus descesse. Este respondeu com um pouso suave.

Encontravam-se a poucos metros do que parecia ser uma vila. Escondido, David fechou os olhos e contabilizou vinte e dois demônios humanoides de aura mediana. Asmodeus, satisfeito, assegurou que ele estava certo, além de lhe garantir algumas outras informações.

Aquele era um dos muitos aglomerados de súcubos e íncubos que existiam naquele círculo. Ambos são gêneros diferentes de uma mesma classe de demônios, sendo considerados as representações mais aclamadas e conhecidas pelos humanos do pecado da luxúria. De modo geral, são criaturas com capacidade de invadir a mente humana, criando ilusões vívidas das quais se alimentam.

Isso explicava o porquê de Mari ter sido capturada tão facilmente, apesar de sua força física descomunal: nenhum humano, por mais força de vontade que possua, resistiria a uma investida desses demônios sem um rigoroso treinamento psicológico prévio. Por sorte, David, um recipiente vivo da energia de Rahovart, não precisava se preocupar com isso. Seu único medo era o de ser descoberto pelos demônios, porém Asmodeus garantiu que isso não seria um problema.

— Meus súditos sempre respeitaram os contratantes — comentou. — Além disso, são seres bons, apesar de sua fama. Você apenas precisará ganhar o respeito deles.

David concordou com a cabeça, mas ainda tinha dúvidas se poderia mesmo ficar tranquilo. Para alguém que não podia ser descoberto, já existia um número grande de seres que conheciam o seu segredo. Além do mais, não tinha certeza de como ganharia o respeito de alguém: aquilo era novidade para ele. Asmodeus riu quando o garoto confessou isso.

— Não se sinta reduzido, meu jovem. Vai se sair bem, tenha fé em si mesmo — começou. Logo depois, um pouco eriçado, recuou dois passos. — Parece que é aqui que nos separamos. Eles ainda não perceberam que estamos aqui, mas é prudente que eu vá embora antes que isso aconteça.

— Tudo bem, não tem problema. Obrigado mais uma vez por tudo, Asmodeus. Não sei o que teria sido de mim se não tivesse te encontrado.

— Provavelmente estaria caminhando para uma morte inevitável — zombou. — Cuide-se, meu jovem. E, antes que eu me esqueça, não se culpe pelo que acabou de acontecer. Muito menos culpe a nossa tola Mari. Tentem se entender: dadas as devidas proporções, ambos foram igualmente apresentados à palavra *sofrimento*.

Antes que David pudesse tecer qualquer comentário, o demônio acenou e desapareceu por entre as copas das árvores. O garoto suspirou com pesar. Não era de sua vontade, mas por ora ignoraria as últimas palavras do príncipe. Ele estava mais uma vez sozinho, e com uma grande missão de resgate em mãos. Não podia simplesmente se distrair e falhar.

Fechou os olhos novamente. Eram exatos vinte e dois demônios e uma garota completamente esgotada. De acordo com Asmodeus, ele precisaria apenas ganhar o respeito dos adversários, mas a única coisa que sabia fazer bem era entrar em conflitos desnecessários. Após notáveis instantes de reflexão, concluiu que era exatamente isso que faria.

Com as adagas na cintura, caminhou com calma até a entrada da tribo. Logo que chegou, avistou um grupo de quatro demônios conversando em tom amistoso. Tanto os homens quanto as mulheres, todos de aparência jovem, eram lindos a ponto de David ter dificuldade para não desviar o olhar, envergonhado.

Aquela beleza extraordinária e atemporal era uma característica marcante daquela classe de demônios. Segundo estudiosos, a simplicidade de seus traços tornava-os capazes de se infiltrar nos padrões de beleza de qualquer sociedade. Isso facilitava muito a caça por novas mentes.

David mordeu a língua ao se aproximar. Cumprimentou-os casualmente quando notaram a sua presença, sem deixar de andar. Pegos de surpresa, responderam instintivamente ao gesto antes de se perguntarem quem ele era. Por sorte, o garoto já estava longe quando perceberam que haviam deixado um humano passar.

O desafiante, então, se viu no meio de uma pequena aldeia, formada principalmente por indiscretas casas de madeira. Após notar uma grande fogueira próxima ao centro e algumas construções peculiares no alto das árvores que a cercavam, lembrou-se da descrição de uma vila de elfos da floresta, presente em algum dos livros antigos de sua mãe. A presença de uma prisioneira, encarcerada em uma jaula rudimentar, não ajudava a refutar esse devaneio.

— Você está com uma cara péssima, Mari — comentou, aproximando-se. Ele esbanjava um meio sorriso preocupado.

A garota levantou o rosto com dificuldade. Analisando-a de perto, não havia nenhum ferimento evidente ou qualquer prova de que estivera em uma disputa física, mas era visível que a sua mente estava devastada. Ela provavelmente tentara resistir até o limite da sua razão. Mesmo assim, não poupou esforços ao rosnar algumas palavras para David.

— D-deveria se olhar no espelho a-antes de falar dos outros...

O garoto não teve a chance de responder. Mari, como se estivesse apenas o esperando chegar, fechou os olhos lentamente e pendeu a cabeça em uma das grades da jaula num gesto inconsciente. Sem tirar os olhos dela, David não demorou a sentir uma grande quantidade de seres perplexos pousando atrás dele. A cavalaria havia finalmente chegado.

— Não se preocupe, Mari — sussurrou. — Agora é comigo.

Com isso, puxou as adagas e levantou-se com calma. Ao se virar, avistou dez íncubos a encará-lo de forma pouco amistosa, todos esbanjando dois pares de garras vermelhas que saíam de suas costas, suas principais armas. Ao seu redor, um número ainda maior de súcubos observava o campo de batalha de braços cruzados, possivelmente irritados por terem sido deixados de lado. David considerou aquilo uma pena: em batalha, aqueles demônios ganham vantagem, de modo geral, sobre seres do sexo oposto.

— Então você é o novo desafiante? — perguntou um deles, estufando o peito com uma confiança tola. Ele possuía o irritante hábito de jogar repetidamente os longos cabelos ruivos para trás, o que lhe garantia um ar de petulância que não cabia àquela situação.

— Não acho que exista outro humano *vivo* capaz de perambular por este círculo — respondeu o íncubo ao seu lado, em tom ríspido. A intensidade da sua voz, assim como o olhar de poucos amigos, não deixou dúvidas sobre o seu desagrado quanto à abordagem do parceiro. — Quem diabos ele seria se não o novo desafiante?

— Ei, imbecis! — gritou um dos súcubos quando os dois demônios começaram a mostrar sinais de que pulariam um no pescoço do outro. Os seus olhos ametista não escondiam a sua insatisfação. — Agora não é o melhor momento para brigarem entre si.

Aquele comentário não foi suficiente. Em instantes, mais demônios entraram na discussão, aparentemente por causa de algum desentendimento prévio que o garoto não fez questão de distinguir. O súcubo que gritara antes parecia ser um dos poucos que não estava interessado naquela briga mal colocada. David, sabendo que a sociedade deles era matriarcal na falta de um líder maior, não duvidou que aquele súcubo, cuja figura era feminina, fosse o responsável por aquela pequena tribo.

Uma pena que o garoto não estivesse com paciência suficiente para aguardar os ânimos se acalmarem. Após ter se aproximado da confusão, gritou o mais alto que conseguiu para chamar a atenção dos demônios. Estes, percebendo só então que o haviam esquecido, encararam-no com sorrisos maldosos no rosto.

— Olhem só, pessoal... Parece que temos alguém bravo por aqui...

— Alguém *bravo*? — repetiu David debilmente. — *Bravo* não chega nem perto de descrever como estou me sentindo. Vocês me obrigaram a desviar de meu caminho e a comparecer a este fim de mundo apenas para consertar a besteira que fizeram com a minha parceira — apontou então para a garota, ainda desfalecida. — Imperdoável!

— E pretende fazer o que a respeito, *humano*?

David riu com vontade, debochado. Deu meio passo para trás e jogou o queixo para cima. Odiava admitir aquilo, mas o sangue que pulsava em suas têmporas era delicioso e reconfortante. Finalmente teria uma chance de lutar de verdade e com seres mais corajosos do que Mamon.

— Ainda não sei ao certo, mas começarei acabando com *cada um de vocês*.

Dito isso, mergulhou sem hesitar em direção aos seus adversários. Mesmo esperando por tal reação, estes não conseguiram acertá-lo com as suas garras. Sem muita dificuldade, David desviou de uma série de investidas antes de aparecer na frente do íncubo ruivo, lançando-o com força em um dos troncos mais próximos, utilizando somente o impulso que havia ganhado em sua corrida e a parte cega das lâminas. O demônio não mostrou sinais de que se levantaria em breve.

— Um a menos — comentou. — Quem vai ser o próximo?

Os demônios, inconscientemente, recuaram um pouco. Depois, um pouco envergonhados, revidaram a provocação com um grito de raiva único. O garoto, sorrindo, zombou da ira dos adversários, jogando-se novamente com destreza na direção deles.

Aquele era o seu estilo de luta. David não era o tipo de pessoa que os outros esperariam que ganhasse uma briga corpo a corpo. Magro, relativamente pequeno e sem nenhuma característica física ameaçadora, aos olhos desatentos ele parecia inofensivo, porém sempre fora bastante flexível e possuía uma velocidade, tanto física quanto mental, muito maior do que a média. Por isso, ele e seu mestre criaram um modo de luta rápido, sorrateiro e letal, que aproveitaria todos os seus atributos positivos, além de compensar a maioria das suas deficiências. Gostando ou não, o resultado foi o surgimento de um excelente assassino.

Após se divertir um pouco, o garoto desviou, com um pulo, de um par de ataques que ricochetearam no chão. Aproveitou a situação para atacar mais dois dos demônios, dessa vez deixando rasgos em suas pernas e um possível nariz quebrado. Depois, aproveitando que outro deles havia se distraído com os parceiros feridos, bateu na parte posterior do seu pescoço com a empunhadura da adaga, um velho truque de cinema, fazendo-o cair inconsciente.

— Já posso contar quatro no chão. Alguém mais?

Os demônios ficaram ainda mais furiosos. O garoto, por outro lado, manteve o mesmo humor debochado durante toda a luta. A raiva servia como um bom motivador para uma equipe que estava perdendo, mas deixava os envolvidos menos inteligentes e mais suscetíveis a provocações estúpidas. David, experiente, pensara nisso desde que analisara a forma de lutar dos adversários, e não perdeu a chance de derrubá-los um a um quando estes pularam em sua direção, sedentos por sangue.

Num piscar de olhos ele estava sozinho no meio do vilarejo, rodeado por dez seres que ou choravam de dor, apertando as suas feridas, ou estavam inconscientes. As únicas evidências de que era o responsável por aquilo eram o seu coração disparado e um único arranhão na bochecha, que sangrava um pouco mais do que ele gostaria. Pelo menos agora tinha certeza de que as garras dos íncubos não eram venenosas, um alívio.

Após longos segundos, David começou a sentir o rosto queimar um pouco. O calor da batalha havia passado e a sua vontade de lutar aos poucos se dissipava, mostrando-lhe um cenário de violência que não fazia mais sentido. Teria pensado apenas em sair dali levando Mari, se os súcubos não tivessem começado a se movimentar. Um deles em específico, o de olhos ametista, caminhou em sua direção, parando com uma das garras a alguns centímetros do seu pescoço. Permaneceu assim por um bom tempo, em silêncio.

— Deve estar se perguntando por que não consegue entrar na minha mente, certo?

— Acha que não tentamos isso quando chegou? — comentou, com um tom monótono. — Você é um contratante. Do contrário, não teria deixado que eles lutassem.

— Eu estava certo em pensar que você é a líder, então. Que belo papel você os deixou prestar.

O súcubo deu de ombros, com os lábios levemente torcidos. Jogou os longos cabelos brancos para trás enquanto abaixava as garras, deixando David um pouco mais à vontade. Levava no rosto uma expressão muito mais calma que a de antes.

— Não gosto do fato de você ter invadido a tribo como fez, mas regras são regras. Você venceu a luta de forma justa e, com isso, ganhou o direito de ser ouvido, assim como de decidir o destino de seus adversários. Darei o meu parecer como líder sobre as suas palavras, mas já adianto que não tenho tanto poder assim.

— Eu só quero que soltem a garota. Não me importo nem um pouco com o que vai acontecer com eles, desde que fiquem bem.

O demônio levou uma das mãos à cintura, enquanto com a outra coçava a cabeça. David desconfiou do pior: ela estava hesitando demais para alguém aberta a ouvi-lo.

— Aceitamos libertar a humana, mas apenas se aceitar ficar conosco até que ela se recupere. Ofereceremos comida e abrigo durante esse tempo e juramos não causar nenhum transtorno. Essa é a minha única e inexorável proposta.

David franziu o cenho. Não fazia nem mesmo cinco minutos desde que incapacitara metade dos habitantes daquela tribo. Não compreendia os motivos para ser tratado como um convidado de honra.

— Não entendo aonde quer chegar com isso — comentou. — E não sei ao certo quanto estou disposto a descobrir.

— É compreensível que não entenda, mas garanto que minhas intenções são boas. É tradição do nosso povo receber seres como você de braços abertos, mas os tempos nos levaram a questionar se valeria a pena abandonarmos uma presa tão fácil em nome de antigas banalidades. O resultado foi essa derrota vergonhosa, porém não de todo ruim: você poderia facilmente ter matado vários de nosso grupo, mas não o fez — ela respirou profundamente. — Sabe o trabalho que teríamos caso não tivesse sido tão compreensivo? Muito, acredite.

David quase riu sem querer, descrente do que estava ouvindo daquela figura. Era fato que, tendo a energia de um demônio correndo por seu corpo, poderia ter matado para sempre os seus adversários, impedindo-os de renascer um dia. Contudo, aquilo não era o que mais chamava atenção naquelas palavras. Asmodeus o havia avisado que era costume deles respeitar os contratantes, mesmo assim ele não esperava que essa admiração chegasse àquele ponto. A explicação do súcubo e o seu olhar cada vez menos apático, entretanto, apontavam que não estava sendo enganado e confirmavam que eles realmente os acolheriam de braços abertos.

Chegou a encarar Mari, ainda desacordada, e imaginou que ela não apreciaria o fato de estar sendo ajudada por seus raptores, mas não tinha outra escolha. Precisariam de um lugar para ficar até que ela se recuperasse e não podiam ignorar uma oportunidade daquelas.

— Tudo bem — disse enfim. — Aceitaremos ficar sob os seus cuidados.

Capítulo 11

A noite

Logo após a luta, os demônios mudaram totalmente de comportamento. Sob ordens de sua líder, soltaram Mari com delicadeza e a realocaram no interior de uma de suas cabanas, completamente limpa e com um número considerável de roupas novas. Depois de conversarem com David e tentarem a todo custo fazê-lo aceitar os proveitos de sua hospitalidade, colocaram mais um colchão de folhas no cômodo em que Mari ficaria. Os dois dividiriam o espaço até segunda ordem.

O garoto, cansado de um jeito que nunca esperou estar, dormiu como uma pedra naquela noite, verdadeiramente em paz. No outro dia acordou junto com o nascer do Sol, revigorado. Após conferir o estado de Mari, se juntou a um desjejum amistoso, onde confraternizou com todos os habitantes daquela pequena vila — muitos já recuperados do embate da noite anterior.

Asmodeus tinha razão quanto àqueles demônios. David só precisou ganhar um pouco de respeito para ser tratado como visitante de honra e ser recebido com carinho por todos. Com apenas o episódio do dia anterior, havia recebido uma promessa de cuidados especiais e uma viagem guiada até o próximo portal. Contudo, isso somente aconteceria após dois dias, período que Mari provavelmente levaria para se recuperar.

    Ele não se importou com o tempo estipulado. Na verdade, ficou até feliz. Abusou da hospitalidade dos demônios e juntou-se a eles em uma série de eventos. Naquela manhã aprendera sobre a cultura destes, as particularidades de seus poderes, e também saiu em uma caçada por bestas, uma das experiências mais incríveis que já vivenciara até então.

    O motivo para essa animação era que o garoto queria aprender o máximo que pudesse enquanto estivesse ali. Sua passagem rápida por todos os outros círculos havia limitado o seu crescimento, e isso não o satisfazia mais. Ele precisava ser ambicioso caso quisesse chegar aonde desejava, e deveria aproveitar ao máximo tudo o que podia. Asmodeus ficaria feliz quando descobrisse que ele agora pensava assim.

    Quando voltou à vila, pouco depois do meio-dia, Mari já estava de pé, largada em um dos cantos abandonados desta. De acordo com dois dos súcubos que haviam ficado para trás, ela havia se recusado a comer ou conversar com qualquer um desde que acordara.

    David prontamente tentou fazer o papel de mediador, mas a garota não estava disposta a ouvi-lo. Foi uma vitória quando no fim do dia, em meio a um jantar cheio de fogo e dança do qual David participou timidamente, ela resolveu se sentar junto aos demais.

    O primeiro dia acabou logo após esse evento. Os garotos foram para a cama cedo e quase não se incomodaram com o festival de sons que se ouviam no vilarejo sob a luz do luar. Na manhã seguinte, o espetáculo se repetiu. Depois de ter aprendido uma série de truques novos e de ter conhecido criaturas que nunca sonhou existirem, David concluiu que já era tarde, voltando satisfeito para a sua cabana. Porém, nem o sono nem Mari pareciam dispostos a lhe fazer companhia.

    Em certo ponto, sentindo-se bastante perturbado pelo comportamento libertino de seus vizinhos, saiu da cabana e ficou encarando mais uma vez o lindo céu daquele círculo. Depois, esgueirou-se em meio às árvores e se perdeu em uma trilha que havia descoberto durante o dia, que o levaria ao lugar perfeito para aproveitar uma noite como aquela.

Mais cedo, enquanto acompanhava uma dupla de íncubos em suas atividades diárias, David encontrara uma besta em forma de cervo no alto de uma colina. Quando subiu para atacá-la, viu-se abandonando inconscientemente a ação por meros segundos, incapaz de dar qualquer outro passo. A cena que via à sua frente, uma vista panorâmica e limpa da imensa floresta, o fez perder o fôlego, impossibilitando-o de prosseguir de imediato. O garoto fez questão de gravar a localização de onde estava para retornar assim que fosse conveniente.

Chegando no topo da colina, havia um mirante. Para a sua surpresa, não encontrou o local tão solitário quanto esperava. Mari estava lá, sentada na grama, encarando despretensiosamente o céu recheado de estrelas, perdida em pensamentos que podiam muito bem não ser seus. David sorriu ao perceber que, pela primeira vez desde que a conhecera, existia uma expressão de paz em seu rosto.

— Esse lugar é de uma beleza exuberante — comentou, enquanto se sentava ao lado dela. — Não acha?

A garota poderia ter admitido que se assustara, mas preferiu se manter ilegível. David não se importou muito com aquilo. Ainda que tivessem se conhecido há pouco mais de dois dias, ele já havia se acostumado com o jeito dela e sabia bem que aquela pose de durona era apenas uma fachada necessária: por mais forte que tentasse parecer, ela não estava recuperada, fosse da tentativa de lavagem cerebral, fosse da vergonha por ter sido capturada logo após os dois se separarem.

— É inegavelmente lindo — admitiu, após quase um minuto de silêncio. — Mas eu não esperava que você apreciasse esse tipo de coisa. Muito menos que fosse te encontrar por aqui.

— Por que não?

Ela respirou profundamente antes de revirar os olhos. A expressão que vestia, infeliz e amargurada, incomodou o garoto: o orgulho dela parecia ferido além do que se poderia consertar.

— Pensei que ficaria na vila com os seus amigos demônios. Você tem se dado tão bem com eles que deveria aproveitá-los ao máximo antes de partir.

— Existem limites do que posso fazer com eles — comentou, um pouco seco. Não tardou a recomeçar a fala em um tom mais compreensivo: — Olha, Mari, não é que você deva perdoá-los, eu mesmo não o faria, mas vale a consideração pelo que estão fazendo agora. Faz parte da natureza deles o que aprontaram, mas desde então estão tentando compensar os erros nos ajudando da melhor forma possível. Bem mais do que deveriam.

Ela concordou com o argumento com uma solenidade falsa. David rebateu o gesto com as sobrancelhas arqueadas. Naquele instante, o silêncio e a Lua foram presenteados com os últimos vislumbres da parede invisível que teimava em separar os dois.

— Eu não consigo te entender, David. Os súcubos me contaram tudo o que aconteceu assim que acordei. Depois de todo aquele sermão sobre existirem jeitos melhores de resolver os nossos problemas do que pela violência, você simplesmente voltou e chutou o traseiro deles.

— Bem, eu não posso negar que foi mais ou menos isso que aconteceu. Mas agora sou eu quem não te entende: o que você esperava que eu fizesse?

— Que usasse essa sua lábia educada para convencê-los a me soltar, quem sabe? — sorriu, debilmente. — Mas, em vez disso, você fez exatamente o que eu tentei fazer, só que de uma maneira que as coisas não dessem errado. Eles não — engoliu em seco — acabaram com você como se não passasse de lixo. Meu Deus! No fundo eu que sou a fraca, não você.

Ele não respondeu de imediato. Como desconfiava, o orgulho ferido da garota a estava torturando por dentro. Analisando os eventos recentes, essa poderia ser a chance perfeita para inverter o foco da conversa e contar sobre o seu contrato. Ou, quem sabe, aproveitar aquela oportunidade para colocar ainda mais juízo na cabeça da parceira. Qualquer que fosse a sua decisão, David estava diante de uma situação delicada.

— Eu me sinto preso em um *déjà-vu* conversando mais uma vez sobre isso com você — começou. — Não se sinta reduzida pelo que aconteceu, nem mesmo se culpe. Eu já disse que existem diferentes tipos de fraqueza, e acho prudente que tenhamos noção de quais são as nossas. Isso nos poupa de muitos problemas desnecessários. Dito isso, eu sabia de antemão sobre o que deveria fazer quando te encontrei com uma série de íncubos e sobre o que poderia dar errado. E sabia também, claro, que luto bem o suficiente para compensar essas possíveis falhas. O sucesso desse resgate foi mera consequência disso.

Mari assentiu com a cabeça, visivelmente mais calma. Por um breve momento, chegou até mesmo a esboçar um sorriso torto, porém não prosseguiu.

— Mas então me fale, senhor "eu sou todo maduro e preparado": agora que sei que lutar é uma das suas especialidades, qual seria a sua fraqueza?

— Provavelmente me comportar com frequência como um completo idiota.

Os dois riram juntos. Após mais duas ou três trocas de cutucadas, os assuntos começaram a surgir espontaneamente e eles conversaram de um jeito que não haviam feito até então. Ambos sendo pessoas de poucas palavras, não tagarelaram sem fim sobre várias amenidades sem sentido, mas compartilharam o suficiente para se conhecerem melhor, algo que precisavam fazer caso pretendessem continuar viajando juntos.

David aproveitou a ocasião para explicar sobre a estranha ligação entre os dois. Mari, apesar de ainda se mostrar bastante aflita com a ideia, tentou entender que a culpa daquilo não era do garoto e que teriam que ficar juntos até que as coisas se resolvessem caso quisessem sobreviver. Mesmo assim, ela o fez prometer que não tentaria nada de estranho enquanto estivessem conectados daquela forma. Sorrindo, ele jurou solenemente que não faria nada de ruim.

Logo depois, seguiu-se um último momento de silêncio, em que David aproveitou para tomar coragem e perguntar sobre algo que queria saber desde que se encontraram. Lembrando-se da atrapalhada discussão que travaram no círculo anterior, ele havia sido o único que tivera a chance de se apresentar.

— Mari, se importa se eu fizer algumas perguntas?

— Hoje eu vou te dar uma folga. Fique à vontade.

— Ótimo. Se lembra de quando nos encontramos, no terceiro círculo? Naquele momento, ciente de como vocês, mortos, são controlados à risca aqui no Inferno, fiquei com a seguinte dúvida em mente: como uma morta conseguiu chegar ilesa até um dos portais?

A garota prontamente franziu o cenho, mas não pareceu disposta a esbravejar ou fugir da pergunta, como de costume. Provavelmente estava apenas surpresa com aquela indagação.

— Eu... eu realmente não sei.

— Como assim, *não sabe*? — rebateu o garoto de prontidão, com toques de incredulidade na voz.

— Não se comporte como se eu estivesse mentindo — rosnou. — Sério.

— Não foi a minha intenção. Me desculpe.

— Sem drama, David — sorriu. — E, sim, estou falando a verdade. Eu estava lidando com a minha eternidade no oitavo círculo, como de costume, e a minha última lembrança de lá era a de estar mais uma vez tentando fugir quando tropecei em um portal, ou algo do tipo. Quando me dei conta, estava na sala de Mamon, mais perdida do que qualquer outra coisa.

O garoto levou uma das mãos ao queixo, perdido em seus pensamentos. Mari era, portanto, uma morta do oitavo círculo. Pelo pouco que sabia sobre a nova divisão do Inferno, e por exclusão dos príncipes já encontrados, o pecado dela provavelmente seria o da gula ou o do orgulho. David apostaria no último por ora: o *pecado de Lúcifer* se encaixava muito bem no que conhecia sobre ela.

Depois, refletiu sobre o que seria esse *portal* em que a parceira havia mergulhado, mas tudo o que conseguiu imaginar fora o truque que Behemoth havia realizado no terceiro círculo. Desconhecendo o alcance daquele portal, e ciente de que não chegaria a nenhuma conclusão naquele momento, resolveu ignorar a nova informação por ora. No momento, existiam outros pontos ali que podiam ser mais bem explorados.

— E para onde planejava fugir, exatamente?

— Não vou mentir que meu plano inicial era atravessar todo o Inferno e chegar aos Céus. Pode soar estranho, mas eu li *A divina comédia* uma vez, quando era adolescente, e realmente acreditava que poderia ter um final como o de Dante. Mas não levei muito tempo para descobrir que as coisas não funcionavam mais daquele jeito e que o máximo de paz que eu conseguiria seria no Limbo.

— Mas por que tentar fugir, Mari? Não pensou em como isso seria arriscado? Se morresse de novo, não haveria mais volta.

— David, tente pensar um pouco antes de perguntar: por que eu não tentaria? — questionou, em um tom falsamente sarcástico. O garoto, um pouco envergonhado, lembrou-se de todos os mortos que vira até então. Havia sido uma pergunta estúpida. — Mas, além do que deve estar imaginando, existe outro motivo para eu ter começado a tentar fugir. Eu simplesmente me arrependi de ter morrido.

Ele não prosseguiu com o interrogatório. Pelo menos não naquela linha de questionamentos. Não precisava ser muito empático para perceber que aquilo era tudo de informação que conseguiria por ora. E ele sabia que, conhecendo a garota, havia aprendido muito mais do que esperava.

— Entendo, Mari. Se me permite, eu tenho apenas mais uma pergunta — recomeçou, esbanjando um sorriso debochado no rosto. — Imagine por um segundo que o Inferno continuasse sendo como na época de Dante e ainda fosse possível viajar até os Céus por conta própria. Qual seria a primeira coisa que faria quando chegasse lá?

Pega de surpresa por um questionamento tão mundano, Mari retribuiu o sorriso com uma honestidade genuína.

— Eu provavelmente mudaria de nome. Odeio *Mariana*.

David assentiu em silêncio, finalizando com um jocoso dar de ombros. Então se levantou e ofereceu a mão à parceira. Já estava tarde, e seria interessante que aproveitassem a possível última chance que teriam de dormir em paz. Afinal, no dia seguinte a aventura de ambos recomeçaria, e eles precisariam estar prontos para os quatro piores círculos que teriam de enfrentar juntos.

O garoto, contudo, não conseguiu dormir naquela noite. As últimas palavras de Mari não pararam de martelar em sua cabeça, incomodando-o muito. Apesar de ela deixar claro, desde o começo, que era muito mais amargurada e ressentida do que David, era chocante descobrir que esta possuía alguma inocência trancada no peito. Afinal, caso aquela última pergunta tivesse sido feita ao garoto, este certamente responderia que mataria um anjo. E depois nada mais importaria.

Capítulo 12

A torre

Na manhã seguinte, os garotos se levantaram antes do nascer do Sol. David, apesar de ter ficado acordado durante a maior parte da madrugada, levantou-se disposto e animado por finalmente poder resumir a sua jornada. Mari, mesmo não possuindo as mesmas motivações do garoto, estava de bom humor, sorrindo mais do que o normal enquanto afiava a espada: ela não via a hora de poder machucar alguém.

O súcubo líder da tribo os recebeu assim que saíram de seus aposentos. Após instruí-los novamente sobre a longa caminhada que teriam pela frente, acompanhou-os até o último desjejum juntos. Todos os demônios presentes estavam envolvidos por uma alegria tola, que se seguiu por quase duas horas.

De estômago cheio, os dois se despediram da vila e saíram acompanhados por dois íncubos, que os guiariam até o portal. De acordo com a dupla, a caminhada duraria pouco menos que quatro horas, um período que David julgou desnecessário, visto que os demônios possuíam asas. Foi somente depois de muitas explicações por parte deles, onde comentaram sobre a impossibilidade de manter duas pessoas no ar enquanto batiam as asas, que o garoto se convenceu de que Asmodeus era realmente incrível: ele havia utilizado a própria energia para fazê-lo planar daquela vez.

Seguiram, então, a caminhada de forma amistosa e chegaram ao portal pelo menos uma hora depois do combinado. Cansados, ficaram aliviados ao sentir a doce energia deste irradiando em suas peles, uma sensação reconfortante. Depois de agradecer várias vezes aos demônios, os garotos deram, juntos, um passo para dentro da hipnotizante energia azul. David mordeu a língua enquanto o corpo girava sistematicamente, só parando quando os pés encontraram o chão.

Apenas para não perder o costume, ele xingou baixo enquanto segurava a nuca. Mari, por outro lado, não pareceu se importar com a viagem e logo estava pronta para prosseguir. Sem mais delongas, encararam o novo círculo com o queixo caído.

O sexto círculo era composto basicamente por uma torre negra, amorfa e colossal, que parecia ter sido retirada de uma pintura impressionista. Localizada no alto de um desfiladeiro, cercada pelo que parecia ser um lago de águas esverdeadas e por paredões de pedras tão grandes quanto a visão deles conseguia alcançar, a construção só não era mais sombria em razão da enorme Lua cheia que planava, pálida, não muito acima de onde estavam. Era como se o satélite tivesse sido criado apenas para fazer parte daquele cenário.

David não podia dizer que não estava animado. No dia anterior, durante o jantar, alguns dos demônios do vilarejo lhe contaram histórias sobre esse novo círculo. Aquela torre à sua frente, negra como o carvão mais puro, tratava-se de uma grande prisão, onde eram mantidos todos os mortos que, ao chegarem ao Inferno, ou foram incapazes de ser designados para somente um dos círculos, ou, pelas atuais posições de Leviatã e Asmodeus, foram assinalados aos pecados da inveja ou da luxúria. De acordo com os demônios, aquele era o melhor círculo para o qual um humano poderia ser enviado, já que ali recebiam um dos melhores tratamentos já vistos no Inferno — uma espécie de presente aos seres verdadeiramente desprezíveis.

Além disso, eles lhe confidenciaram outra informação antes de sua partida. Segundo os boatos, o real líder desse círculo *especial* não era um príncipe, mas sim um tipo de demônio ainda mais poderoso do que os nobres. Mãe de todos os súcubos e íncubos, ela era considerada a criatura mais bela que já existira no universo.

David comentou sobre isso com Mari enquanto caminhavam furtivamente em direção à torre. Embora a garota tenha se animado com a ideia de uma figura feminina estar no comando de algo tão grande, não teceu nenhum comentário sobre o assunto. O seu foco estava reservado apenas para o desafio à frente deles: a sombria torre e a meia dúzia de demônios de sombra que rondavam a construção.

O garoto, bem menos compenetrado do que a parceira, perdeu algum tempo admirando aqueles estranhos seres, pequenos e semelhantes a *goblins*. A classe de demônios da sombra era uma das mais diversificadas, agregando a maior gama de seres presentes no Inferno — inclusive Rahovart. Em geral, trata-se de criaturas pouco inteligentes, que dominam a essência do controle de energia demoníaca e não raro são capazes de assumir outras formas ou, em alguns casos, o corpo de outros seres.

Mesmo interessado naqueles demônios, David fez o possível para limitar a sua atenção à torre. Após rondarem a construção por algum tempo, sem identificarem qualquer maneira de entrar, Mari começou a dar indícios de que estava perdendo a calma.

— Eu não vejo nenhuma entrada, apenas guardas — pontuou, em um tom claramente irritado.

— Concordo. Nem mesmo janelas ou sacadas esse lugar tem. Alguma ideia do que podemos fazer?

— Não olhe para mim. Você é o cara das *ideias geniais*.

O garoto levou as mãos ao queixo, tentando ao máximo ignorar o orgulho que sentira pelo elogio inesperado, totalmente ignorante a todo o sarcasmo nele imbuído. Refletindo, a primeira opção que lhe saltou à mente foi a de escalarem a torre, algo que, além de julgar insensato e perigoso, poderia levá-los a lugar nenhum: nada garantia que houvesse uma entrada lá em cima. A segunda ideia surgiu momentos depois, quando sentiu seu par de adagas roçar nas roupas novas. A cor preta de suas lâminas era estranhamente similar à da construção.

— Os blocos da torre — começou em transe — são feitos de pedra demoníaca.

— Admiro a sua atenção aos detalhes, David, mas não acredito que essa tenha sido uma informação de grande ajuda.

— Você não entendeu, Mari. Esse é o mesmo material das minhas adagas. Dependendo de como o manipularmos, ele pode tomar a forma que quisermos. Podemos criar uma entrada!

— Hum — resmungou a garota, disfarçando muito mal uma parte da desconfiança que adquirira após aquela informação. Afinal, nenhum humano deveria ser capaz de fazer o que o seu parceiro insinuava conseguir. — E você acha que consegue fazer isso?

Apesar de incerto, David concordou com a cabeça.

— Tenho certeza que sim. Só precisamos nos aproximar.

Esperaram, então, por mais alguns minutos, até que o grupo de guardas se dispersasse, deixando apenas um dos *goblins* próximo de onde estavam. Com calma, ambos se aproximaram do demônio, derrubando-o do modo mais silencioso possível. Mari, com a espada nas mãos, não hesitou em finalizar o oponente, que desapareceu em uma nuvem de fuligem, vestígio característico que os seres das sombras deixam ao morrer. Apesar de não gostar nada daquilo, David sabia que seria necessário matar alguns demônios caso quisessem continuar. No entanto, por ora se daria ao luxo de deixar Mari cuidar disso: caso fosse a garota, eles voltariam a renascer no futuro.

Sem perder tempo, aproximou-se da torre, tocando em um dos grandes blocos negros. Pouco antes de conseguir as suas adagas, seu mestre havia lhe ensinado sobre o abrangente uso das pedras demoníacas, nome vulgar atribuído às *goethitas* encontradas em pontos específicos do Inferno. Elas fazem parte da restrita categoria dos materiais mais desejados e cobiçados por qualquer demônio. São maleáveis, caso submetidas a quantidades certas de poder, e capazes de assumir dezenas de formas e características, podendo se apresentar tanto como armas afiadas e perigosas quanto como paredes quase indestrutíveis. Além disso, eram conhecidas por serem ótimas condutoras de energia espiritual.

As adagas do garoto, porém, não possuíam a mesma pureza daquela torre e não passavam de simples acumuladoras da energia do seu contrato. Sendo assim, não podiam ser transformadas. Por isso ele tinha sérias dúvidas de que conseguiria transmutar algo tão grande em uma primeira tentativa. No entanto, isso não o impediria de tentar.

Fechou, então, os olhos e concentrou-se na pequena porcentagem de poder que podia usar sem precisar entoar o *ritual de liberação*. Com facilidade, transferiu tudo o que conseguira para a pedra em que tocava, sentindo a sua energia fluir livremente para a construção. Depois, apenas imaginou a entrada mais simples possível. O resultado disso foi que o bloco ruiu lentamente, em milhares de fragmentos que rolaram ladeira abaixo, em uma união de pequenos sons que ecoaram alto por entre os paredões de pedra.

David fez uma careta ao perceber o que havia acontecido. Esgotado e suando muito, assustou-se ao reparar que estava sendo puxado por Mari para dentro do buraco formado. Fora uma ótima reação: por mais burros que os guardas fossem, era uma questão de tempo até que percebessem que alguém havia invadido a torre.

— O que foi aquilo, David? — comentou a garota enquanto o arrastava.

— Eu... eu acho que exagerei um pouco na quantidade de energia — admitiu, um pouco nervoso.

— Não se culpe tanto assim. Chamamos a atenção deles, mas entramos.

Mari tinha razão, eles realmente haviam entrado. David, meio bobo, encarou com dificuldade o corredor em que estavam, formado por longas paredes negras adornadas com tochas de fogo azul que deixavam muito a desejar. O teto era baixo, e a única escada do local estava a poucos passos de onde se encontravam: uma viagem apenas de ida para cima. O restante do andar se constituía de um vazio sem sentido, que eles provavelmente não encontrariam no restante da subida.

Ciente de que precisava compensar o que ocorrera na entrada, o garoto não demorou a fechar os olhos. Confiando em seus sentidos, notou a aproximação dos demônios que rondavam a torre, mas não pressentiu nenhuma resposta vinda dos poucos seres que os aguardavam no andar de cima.

— Me siga, Mari! — gritou. — Temos que aproveitar que eles ainda estão perdidos.

A garota concordou e o acompanhou escada acima. Assim que alcançaram o último degrau, depararam-se com um simples labirinto de corredores, formados por dezenas de celas ocupadas por uma série de mortos. Apesar das roupas esfarrapadas e do pouco espaço reservado para cada um deles, David pôde notar quanto eram realmente privilegiados se comparados aos habitantes dos círculos pelos quais já haviam passado. Mesmo naquela escuridão, não demoraram a notar a presença dos garotos, o que os deixou agitados.

O garoto ignorou os gritos dos mortos enquanto mergulhava pelos corredores. Ciente de que tinha a vantagem em um ambiente como aquele, fechado e entrecortado por rotas alternativas, seguiu em frente, localizando os guardas que os caçavam e criando novas maneiras de se esquivar. Fora isso, não precisou de mais de dois andares para decorar completamente a arquitetura do local. Se mantivessem aquele ritmo, imaginava que não perderiam nenhuma escada.

Porém, quando estavam próximos ao sétimo andar, um tremor de grande potência os forçou a segurar as paredes da escada em que estavam. Após alguns instantes se questionando sobre o que havia acontecido, surpreenderam-se ao avistar o novo andar. Diferentemente dos ambientes que haviam atravessado até então, agora as tochas exibiam um fogo esverdeado hipnotizante, que iluminava muito mais do que o azul de outrora, e os corredores becos sem saída que antes não existiam. Mais importante do que isso, o número de demônios ali era consideravelmente maior.

Os garotos se entreolharam, ambos preocupados. Refletiram em silêncio sobre o que havia sido aquilo e como o evento influenciaria a sua subida. Incapazes de chegar a qualquer tipo de resposta, respiraram fundo antes de continuar. David, desconfiado de que aquilo não fora um simples tremor, torceu para que estivesse errado e para que aquilo não voltasse a se repetir. Infelizmente, em vão.

De tempos em tempos, os dois eram obrigados a parar a cada novo abalo, que era sempre acompanhado por alterações na configuração do labirinto de celas e da coloração das tochas. Além disso, o número de seres da sombra crescia a cada nova mudança, contrastando com o de mortos, que sempre diminuía.

Os dois já haviam atravessado um arco-íris de tochas quando chegaram ao primeiro andar iluminado por um fogo branco, quase imperceptível. Não havia mortos naquele andar, apenas pouco mais de vinte guardas. Para piorar, a única escada do local não apontava para cima. Irritado e cansado, David se recusou a prosseguir.

— Então resolvemos parar? — rosnou Mari, enquanto finalizava o último dos demônios que o parceiro havia largado atordoado pelo chão. Ela estava suada e muito mais cansada do que deixava transparecer. David não estava em condições melhores.

— Desse jeito não vai dar. Quantos andares mais será que essa coisa tem?

— Você sabe bem que o número de andares não é a questão.

David abriu um discreto sorriso. Muitas vezes se esquecia de que ele e a parceira tinham uma forte ligação e que não estavam muito longe quanto à experiência de campo. Sabendo que a torre possuía uma capacidade de remodelação quase infinita, não era estranho imaginar que ela estivesse se alterando de diversas formas enquanto os dois a subiam. Era como se estivessem tentando escalar um castelo de Lego, que se desmontava e remontava de acordo com a sua vontade.

A única diferença entre a visão dos dois era que o desafiante desconfiava que aquele mecanismo não era tão natural quanto soava.

— Concordo que continuar correndo a esmo não faz sentido se as coisas continuarem se mexendo — assinalou Mari —, mas ficar parado não vai mudar nada.

O garoto assentiu com a cabeça, mas não teceu nenhum comentário. Fechou os olhos mais uma vez e conseguiu sentir a presença de um número igualmente grande de demônios que os aguardavam no andar que não conseguiriam alcançar. Sentiu-se aliviado e ao mesmo tempo frustrado pela sua atual impotência.

Suspirou profundamente e jogou-se no chão de forma teatral, de costas para uma das paredes. A garota o encarou com desaprovação, mas ele não se importou muito: não estava simplesmente gastando tempo.

Há alguns andares vinha notando uma fina e estranha energia percorrendo toda a extensão da torre, formando uma poderosa rede. David não conseguia determinar muito bem o que era aquilo, mas podia perceber que essa rede se tornava mais poderosa durante os tremores e a cada novo andar alcançado.

Embora desconhecesse a real origem daquilo, podia imaginar que havia alguém, no topo, poderoso o suficiente para envolver toda aquela gigantesca construção e modificá-la com uma facilidade incrível. Com aquela quantidade de energia, nem mesmo fazer ruir um bloco de pedra demoníaca seria impossível.

— Tem ideia de quantos andares nós já subimos, Mari? — perguntou após algum tempo, finalmente abrindo os olhos.

— Não perdi meu tempo contando, apenas sei que ainda não foi o suficiente.

— Eu discordo de você: subimos bem mais do que o suficiente. Neste momento, por exemplo, estamos no andar de número quarenta. Exatos e malditos quarenta andares.

Mari torceu os lábios. Ela havia compreendido bem o recado do parceiro. Embainhou a sua espada com raiva, antes de se jogar contra a parede à frente de David. Os seus olhos estavam ainda mais duros do que de costume.

— Para um lugar tão aleatório, é um número estranhamente redondo para um beco sem saída.

— Exatamente. Seja lá o que esteja acontecendo, parece ser obra de alguém que está nos vigiando. E se existe algo que eu não quero fazer é continuar servindo de brinquedo para esse demônio.

A garota sorriu largamente ao ouvir aquelas palavras: David finalmente parecia disposto a mostrar que tinha culhão. Depois, seguindo o exemplo do parceiro, recostou a cabeça para trás e mergulhou no confortável silêncio que os envolvia. Embora desconhecessem a vontade de quem os vigiava, alguns minutos de descanso não soavam nada mal.

Felizmente, o palpite do garoto estava correto, e não demorou para que fossem surpreendidos por uma espécie de elevador, que se formou, com um grande estrondo, onde antes se encontrava a próxima escada. Eles se entreolharam por alguns segundos antes de decidirem se realmente partiriam em sua direção. Considerando tudo o que havia acontecido até então, aceitar aquele convite significaria estar diante de um dos seres mais poderosos que já haviam conhecido. David tinha as suas dúvidas se esse ser de fato seria a rainha dos súcubos — ou algo ainda pior.

Capítulo 13

O imperador

Naquele dia, Satanás havia chegado ao nono círculo muito antes do amanhecer. Controlados por um relógio interno natural, válido para todo o Inferno, os nove círculos seguiam o horário do nono, lar do *Grande Imperador*, embora nem todos tivessem variações de dia e noite a pedido dos próprios príncipes.

Após quase cinco dias fora do seu posto, em razão de problemas nos Céus que, embora o incomodassem muito, sabia estarem fora de sua jurisdição, tudo o que o demônio queria era se sentar em seu trono e relaxar, enquanto analisava os relatórios sobre o novo desafiante, provavelmente derrotado há dias. Contudo, para sua surpresa, não fora isso que aconteceu.

Não havia relatórios em sua mesa. Nem mesmo uma menção honrosa ao grande David Goffman, *bravo guerreiro que desafiara o Inferno*. Ele precisou aguardar, sem muita paciência, por Eligor, o seu atual braço direito, servente fiel de sua causa desde que se tornara imperador, para conseguir notícias sobre o humano. Só depois de uma objetiva explicação do demônio, que sabia muito mais do que deveria, Satanás se deu por vencido: alguém estava se dando bem em seu *joguinho*.

Sorridente como de costume, perguntou sobre a localização do desafiante ao mordomo. Este, já ciente de que aquela seria a reação de seu mestre, não só garantiu a informação solicitada como também preparou um portal para o sexto círculo. A alegação que usariam para essa visita seria a de que Satanás, ocupado com seus afazeres, estava há muito tempo longe dos compromissos com Lilith, dos quais ficara encarregado após uma promessa que deveria cumprir até o fim dos tempos.

Assim que chegou à torre, o imperador sorriu aliviado: não havia perdido a chance de brincar com o garoto. Após convocar o chefe da guarda daquele círculo, um velho e competente demônio de sombra, capaz de gerar vários seres menores a partir de sua energia, Satanás sentou-se no lugar da rainha da torre e contou ao vassalo o plano que criara. Apesar de não concordar completamente com o que lhe fora dito, o demônio não teve escolha: mesmo quando infantis, as ordens do imperador eram absolutas.

A torre de pedra demoníaca, grande criação de Satanás e de Belphegor, fora arquitetada não apenas para prender os humanos mais vis que chegassem ao Inferno, mas também como modo de testar a capacidade de transmutação daquele material. O resultado foi um sucesso: a criação de uma enorme construção mutante, que poderia ser modificada segundo a vontade de qualquer um com poder suficiente para envolvê-la. Satanás, obviamente, fazia parte dessa diminuta lista de seres.

Segundo o plano, o chefe da guarda retiraria toda a sua força armada da torre e a substituiria por suas cópias. Enquanto estivesse ocupado, distribuindo e controlando uma quantidade inimaginável de demônios, Satanás brincaria com os dois humanos, apostando consigo mesmo sobre quanto eles aguentariam subir antes de perderem as esperanças — ou partirem daquele plano.

A dupla, felizmente, não decepcionara o imperador. Acompanhados pela leitura de seus movimentos, os garotos só deixaram de prosseguir quando foram convidados a fazê-lo. Feliz com o resultado, o demônio prontamente dispensou os serviços do ajudante e o expulsou do recinto onde estavam. Depois, criou um enorme elevador e trouxe o desafiante e sua companheira até a sala do portal, onde os aguardou de braços abertos. Em um primeiro momento, estranhou o porte de David, mas foi preciso ver os seus olhos, duros e tomados de uma raiva reprimida, apenas uma vez para perceber quanto o garoto era tudo o que esperava — e o que mais desejava.

— Ora, ora — começou dizendo, desdenhoso. — Veja só o que temos por aqui. Dois *inesperados* espécimes mortais.

David, ainda cansado e tomado por uma súbita vontade de atacar o demônio à sua frente, mordeu os lábios para não responder torto. Mari, diferentemente dele, deu dois passos para trás, tomada por um pânico silencioso que ele jamais imaginou poder ser expresso pela garota.

Só então se lembrou, mais uma vez, das palavras de seu mestre. Ele havia comentado inúmeras vezes sobre um demônio elegante e debochado, dono de uma lábia afiada e perigosa, capaz de despertar, apenas pela sua presença, o pior que existia dentro de cada pessoa, assim como paralisar qualquer morto em sã consciência. Aquele demônio, o mesmo que estava à frente deles, era ninguém menos do que o próprio imperador de todo o Inferno e o principal organizador do desafio do qual participava. Ele com certeza não era a poderosa rainha que David estava esperando.

— Eu não esperava te encontrar tão cedo — disse sem pensar.

O imperador respondeu com um largo sorriso, comprovando as suspeitas de David. Este, bastante incomodado, só então percebeu que não estava em uma boa situação. Satanás era um demônio poderosíssimo e com grande influência sobre o desfecho de sua jornada. Caso implicasse com o garoto de algum jeito, principalmente se desconfiasse que ele possuía um contrato, as coisas ficariam complicadas.

— Me desculpe pelo súbito comentário, Satanás — remendou rapidamente, em um tom mais solene do que costumava utilizar. Gentilmente colocou-se à frente de Mari, talvez para poupá-la do que conversariam. — Apenas não sabia que o encontraria em qualquer círculo que não o último.

— Ha! Ha! Ha! Ha! — gargalhou o demônio, divertindo-se de verdade. O desafiante sentiu as bochechas queimarem sem motivo. — David Goffman, meu garoto, você é ainda mais engraçado do que aparenta ser — admitiu. Sua voz era grave e altiva, e permeada por peculiares toques de doçura que a tornavam quase tão melodiosa quanto a voz de Rahovart. — É tão complicado assim fingir que as coisas não estão sendo tão previsíveis quanto um passeio pelo parque? Em favor da minha felicidade?

— Desculpe se fiz soar assim, mas as coisas realmente não estão sendo *nada* fáceis. Olhe só como nós dois estamos — sorriu sem jeito, enquanto apontava para si e para Mari, ainda calada às suas costas. Os dois aparentavam estar esgotados e possuíam hematomas e pequenos cortes distribuídos por todo o corpo. — Especialmente nesta torre: você nos deu um belo baile lá embaixo.

— Não mais do que vocês me deram, pode ter certeza disso. Uma pena a garota ter entrado em estado de choque antes de eu poder parabenizá-la. Nem mesmo nas minhas melhores expectativas imaginei que chegariam ao vigésimo andar. O que dirá descobrirem que alguém estava *brincando* com vocês no quadragésimo!

Aquele comentário soara ainda mais indelicado do que havia sido. David, como já dito várias vezes, odiava o fato de demônios e anjos se acharem no direito de brincar com a vida dos humanos. Satanás, sagaz como uma víbora, sabia bem disso. Além do magistral controle sobre a própria energia, e da sua perícia sobre o fogo, era uma das suas especialidades atiçar o que há de pior no coração dos outros seres.

— O que faz aqui neste círculo, Satanás? — questionou o garoto, falhando em controlar a sua irritação.

— Ora, não sei se lembra, mas eu sou o imperador de tudo isto aqui. Não faz parte do meu *direito divino* andar pelas minhas terras sem ser questionado?

— Não durante um desafio. Isso é completamente contra as *suas* regras.

Satanás deu um sorriso largo. David, refletindo apenas agora sobre o que dissera, deu meio passo para trás: deveria controlar um pouco mais a língua.

— Não quando se tem um juramento até o fim dos tempos com a real dona deste círculo — rebateu. — Acha mesmo que eu, de todas as criaturas, não respeitaria as regras deste jogo, criado unicamente para me entreter?

— Até onde eu sei sobre você, não duvido que faça isso, com todo o respeito.

— Ha! Ha! Ha! Ha! Você me ofende muito falando assim, David Goffman. Eu juro que sou um demônio de princípios, muito mais digno dos meus títulos do que muitos humanos como você imaginam ser.

O garoto sentiu parte do sangue faltar-lhe às veias. Imaginou, por instantes, que aquela indireta havia sido feita para ele, um contratante fingindo ser um mero pecador. Se aquele fosse o caso, Rahovart havia feito um péssimo trabalho ao ensiná-lo a esconder o seu segredo.

— Não duvido que isso seja verdade, senhor — respondeu enfim, estranhamente contido.

— Bom, não esquente a cabeça com isso, meu garoto, nem mesmo se comporte de forma tão cordial. — O imperador, então, deu-lhe um sorriso que transbordava malícia. Estava com as mãos unidas quando recomeçou: — Quer saber de uma coisa? Vamos mudar um pouco esse clima. Já que gosta tanto de regras, o que acha de jogarmos um pequeno jogo?

— Eu provavelmente não tenho força de opinião suficiente para dizer "não".

O demônio concordou com a cabeça, esbanjando uma expressão divertida. David suspirou. Ainda não compreendia o motivo de ele ter decidido criar um jogo no meio do nada, mas já havia sido informado de que Satanás era o tipo de criatura que fazia o que lhe viesse à cabeça, mesmo antes de se tornar imperador. Temia, porém, pelo ganho secundário que este pudesse adquirir daquilo.

— Começaremos, então, do início. Por acaso você se lembra da primeira regra presente no *manual do desafiante*? Se sim, desejo ouvi-la em voz alta.

David sentiu uma leve nostalgia invadi-lo ao ouvir aquelas palavras. O tal manual que Satanás citara era uma antiga escritura talhada em pedra, que havia sido entregue na casa do garoto dois meses antes de ele entrar em um avião em direção a Israel. Essa escritura era passada de desafiante a desafiante, e era a prova definitiva de que ele fora escolhido para participar do desafio. Escrita em latim, trazia consigo um conjunto de regras básicas que ele deveria ter em mente para a sua jornada.

O garoto lembrava-se bem daquele dia. Ciente de tudo o que sofrera para conseguir chamar a atenção dos demônios, para que o selecionassem, e do seu desejo de chegar aos Céus e encontrar o que procurava, ficou muito feliz quando recebeu aquele item em sua porta. Não demorou muito para que, impaciente, tivesse memorizado toda a escritura.

— Não sou bom em decorar as coisas — mentiu —, mas era algo como: "Apenas humanos que foram previamente julgados como pertencentes ao Inferno, ou seja, pecadores isentos de salvação, poderão ingressar no desafio". Certo?

— Para quem não decora bem as coisas, você parece ter guardado cada palavra — zombou, enquanto acariciava o queixo. — Mas essa era bem fácil e compreensível. Afinal, não haveria motivo em realizarmos esta gincana com *cordeiros* que não estão para ser abatidos, não concorda?

David assentiu com a cabeça. O propósito daquele velho desafio era baseado no *desejo* de Dante ao descobrir que estava no Inferno: ganhar uma passagem apenas de ida para os Céus. Sabendo disso, não havia lógica em admitir no jogo pessoas que ainda tivessem alguma possibilidade de serem perdoadas antes de falecer. O garoto, contratante desde criança, era um exemplo dessa classe pouco compreendida, formada pelos piores tipos de pessoa. Se ele fosse ficar à mercê da vontade divina, nunca alcançaria os Céus.

— Tudo bem. Prosseguindo, consegue me dizer qual era a próxima regra, David?

— "Os desafiantes deverão trazer todos os seus pertences da superfície, inclusive armas, visto que não encontrarão quase nada do que precisam aqui no Inferno. Estes, porém, são estritamente proibidos de portar armas de fogo" — entoou.

— Muito bem, muito bem. Essa regra já é um pouco mais interessante do que a primeira. Por exemplo, sabe me dizer por que armas de fogo não são permitidas aqui embaixo?

— Porque demônios costumam ter uma desvantagem com armas de longa distância e não costumam renascer quando atingidos por balas de ouro abençoadas. Assim, seria muito mais fácil vir para cá utilizando armas de fogo do que uma lâmina qualquer.

— Bravo! Foi uma ótima resposta, em especial quanto à parte de deixar as coisas mais fáceis. Acredite em mim, David, quando digo que não há nada nesse mundo que me faça desejar que esse desafio seja mais fácil. Prossigamos, então: regra de número três!

David fechou os olhos enquanto se recordava, nos mínimos detalhes, da próxima regra. Lembrou-se, subitamente, de como adorava aquela linha da escritura.

— Essa é bastante interessante — comentou. — "Todo desafiante deve passar por todos os círculos e receber a aprovação de todos os príncipes para que possa progredir. Isso, porém, não garante que ganhe uma passagem para os Céus".

— Não vejo nada de mais nela — disse Satanás, claramente empavonado. — Mas, já que você comentou, adoraria saber o que pensa de tão especial sobre ela.

Ele não sabia por onde começar. Embora tivesse entrado naquela brincadeira com má vontade, e talvez um pouco de raiva do demônio com quem conversava, David já havia se esquecido completamente de com quem estava falando. Satanás, por outro lado, continuava ciente de tudo o que acontecia ali e atiçava-o sutilmente, esperando que o garoto se abrisse da forma como estava. No entanto, o imperador não tinha nenhum motivo sujo por trás daquilo: ele só queria conhecer e se divertir com o *seu* desafiante.

— Precisar da aprovação dos príncipes para avançar nos mantém fiéis ao jogo, sem podermos manipular o nosso trajeto para evitá-los. E não apenas isso. — Fez uma breve pausa. — Essa última frase, afirmando que passar por todos os príncipes não garante a nossa vitória, é desesperadora e muito bem aplicada. Sabendo que o principal erro dos desafiantes é se deixar levar pelo valor mundano dos sete pecados capitais, um pouco de desespero é um forte fator de desestruturação, que nos deixa mais propícios ao erro; e ao fracasso.

Satanás mostrou todos os dentes ao ouvir aquilo. Seu rosto exibia uma expressão de satisfação indescritível. David demorou para perceber que suas últimas palavras haviam soado como as de alguém que sabia demais sobre o jogo, algo que não deveria ter demonstrado.

— David, David, você é mesmo incrível. Não sabe há quanto tempo estou esperando por algum humano insolente, capaz de discutir comigo sobre banalidades como estas, nem mesmo quanto espero por uma desculpa para colocar essa belezura de torre em ação.

— Agradeço pelo elogio, mas eu não sou...

— Não tente diminuir suas qualidades, garoto, nem ouse se aumentar — interrompeu-o, com uma das sobrancelhas em pé. — Ganhou os parabéns porque mereceu, e receberá outros se conseguir chegar ao nono círculo *intacto*. Mas não pense que as coisas serão mais fáceis só porque gostei um *pouco* de você.

David concordou com um sorriso. Não tinha palavras para rebater o imperador à altura, por isso resolveu não estragar aquele momento. Admitindo ou não, ficou contente por Satanás ter dito que gostara dele.

— Pegue a garota e parta para o próximo círculo. Belzebu ficará animado por te receber. Nas últimas décadas, ele vem sempre esperando, em vão, por novos desafiantes. Surpreenda-o por mim.

— Obrigado, Satanás — agradeceu o garoto enquanto guiava Mari, ainda presa em um estado deplorável, em direção ao portal. Contudo, ele foi interrompido no meio do caminho pelo imperador.

— David Goffman, apenas para satisfazer a minha vontade de não deixar as coisas incompletas, adoraria que terminássemos o nosso joguinho com as duas últimas regras. A quarta você já havia comentado quando me encontrou, sobre os príncipes serem proibidos de deixar os seus respectivos círculos ou de conversar entre si durante o desafio. A última nós ignoramos totalmente. E eu adoraria que me contasse o que ela diz.

O garoto engoliu em seco. O novo tom de voz do demônio, muito mais sério e solene, não parecia significar algo bom. Se questionado, com certeza admitiria que sentiu um pouco de medo.

— Tudo bem. "É estritamente proibido o ingresso de contratantes no desafio".

— Muito bem, muito bem. Agora me diga: sabe o porquê dessa estranha regra, tão pequena, mas importante o suficiente para estar no regulamento do desafio?

— Não, senhor — admitiu. — Mas imagino que esteja relacionada com o fato de contratantes possuírem vantagens físicas ou intelectuais sobre humanos comuns.

— Pela primeira vez, posso encher a boca para dizer que você está errado, David — sorriu. — Em geral, contratantes não possuem vantagens tão superiores a humanos comuns para nos preocuparmos em deixá-los de lado, salvo aqueles firmados com seres *excepcionais*. O problema dos contratantes é que, por algum motivo que ainda não conseguimos explicar, eles possuem uma forte tendência a se tornarem verdadeiros *demônios* com o passar dos círculos. E isso nos preocupa *bastante*.

David baixou o olhar com discrição até as próprias mãos. Asmodeus já havia dito algo parecido quando se encontraram na floresta. O crescente poder que sentia dentro de si parecia incapaz de refutar aquela triste verdade. O garoto tinha a impressão de estar puxando toda a energia do seu mestre para si mesmo, matando-o aos poucos. Era uma pena que naquele momento fosse impossível contatá-lo: Rahovart lhe devia uma série de explicações.

Sem nada a acrescentar, David agradeceu mais uma vez ao demônio e continuou guiando Mari pelos ombros até o portal. Apesar de ter apreciado a conversa com o imperador, nenhum dos dois se despediu. Afinal, por mais que Satanás tivesse dito que o garoto precisaria sobreviver aos próximos círculos para que se reencontrassem, nenhum dos dois tinha dúvidas sobre o futuro: eles não demorariam a estar cara a cara novamente.

Capítulo 14

A cidade

David sentiu a pele ser beliscada e esticada em várias direções, mas desta vez seu corpo não girou em nenhuma delas. Não demorou a sentir o chão sob os pés e agradeceu em silêncio por não estar tão nauseado como de costume. Em seguida, foi recebido pelo novo círculo com uma lufada de ar abafado e fétido, que o lembrou de sua cidade natal, São Paulo, em seus piores dias de inverno. A pálida luz do luar, desta vez proveniente de uma Lua de proporções adequadas, não demorou a também lhe fazer companhia.

Mari havia saído do portal um pouco antes dele e parecia estar bastante nauseada. Recostada em uma das paredes acinzentadas dos prédios que os cercavam, estava tendo dificuldade para voltar a si. David suspeitava que a mistura de uma viagem pelo portal com o estado catatônico em que antes estava não havia sido a melhor das combinações.

— O-o que diabos aconteceu? — questionou, enquanto segurava a cabeça, visivelmente atordoada.

— É uma longa história, Mari. Começa com o nosso encontro com Satanás e termina com a nossa chegada ao sétimo círculo.

Ainda confusa, ela segurou David pelo colarinho e exigiu que ele fosse mais claro sobre o que havia acontecido. Com um sorriso torto, o garoto teceu um breve relato sobre a amistosa conversa que teve com o imperador e sobre o poder deste de atordoar qualquer morto com quem tivesse contato. Ele fez questão de enfatizar esse último ponto, pois suspeitava que Mari não reagiria bem por ter sido inutilizada novamente.

No entanto, a garota não expressou nenhum pesar sobre o ocorrido. Um pouco envergonhada, chegou a comentar que conhecia as suas desvantagens diante dos príncipes. Apesar de notar uma leve tensão em sua voz, David optou por não a confortar: quando se tratava de Mari, algumas reações comuns poderiam ter o efeito oposto ao desejado.

— Então chegamos ao sétimo círculo — prosseguiu a garota, mudando de assunto. — Eu chutaria que estamos nas terras de Belzebu.

David assentiu em silêncio. De acordo com o próprio Satanás, esse era o círculo comandado pelo Senhor das Moscas, representante do pecado da gula. O próximo, por eliminação, seria o círculo de Lúcifer, antigo lar de Mari.

— Pelo modo como falou, aposto que conhece algumas histórias sobre ele — comentou, curioso.

— Sim. Várias histórias, na verdade. E posso garantir que nenhuma delas é boa — admitiu. — Assim como Belphegor e Satanás, ele é tão famoso que até mesmo os mortos acabam ouvindo algumas coisas a seu respeito. Só que, ao contrário dos outros dois, Belzebu não é conhecido por nada de bom, apenas pela sua paixão por fazer os outros sofrerem.

David ficou em silêncio. As palavras da garota conferiam com a descrição que havia recebido de seu mestre. Belzebu, um importante deus filisteu de origem pouco compreendida, era conhecido pelos habitantes do Inferno por sua aparência frágil, quase doentia, por sua inteligência muito acima dos padrões de um demônio e por sua sede de sangue alheio. Rahovart nunca falara muito sobre ele, provavelmente por causa de algum desentendimento passado, mas sempre alertara David sobre um antigo fato, de quando a gula ainda representava o segundo círculo do Inferno: nenhum desafiante jamais saíra vivo das terras de Belzebu enquanto ele esteve presente.

O garoto sentiu um breve calafrio percorrer seu corpo ao pensar sobre aquilo, mas não se incomodou muito. Depois de toda a confusão no quinto círculo e da correria que representou a invasão à torre, havia se esquecido totalmente do desafio não oficial que havia acertado com Behemoth, ainda nas terras de Mamon. Por fim, depois de tanto tempo, teria a chance de se envolver em uma boa luta.

Perdido em seus pensamentos, voltou a si apenas quando ouviu o som da espada de Mari sendo desembainhada. Não demorou a notar que dois demônios se aproximavam do beco em que estavam. Apesar das diferenças físicas, ambos vestiam robes negros idênticos e traziam nas mãos longas lanças que pareciam acumular a luz do luar. David não teve dúvida de que eles faziam parte da guarda daquele círculo.

Depois de encará-los por alguns instantes, caminhou a passos firmes na direção da qual a dupla viera. Cochichou com Mari para que ela não se preocupasse, mas pediu que mantivesse a espada em mãos. Ainda não confiava na origem daqueles demônios. A única prova de que os soldados não os atacariam eram as palavras de Satanás, dizendo que Belzebu os aguardaria vivos.

— Desejo que me levem até o seu senhor.

》 》 》

David e Mari foram, então, arrastados pelos demônios por entre as ruas iluminadas daquela cidade. O garoto, entusiasmado por poder conhecer um novo círculo, observava cada canto com um esboço de sorriso no rosto, e tagarelava esperando que pelo menos um dos guardas se animasse e resolvesse sanar as suas curiosidades. Não fora uma tarefa totalmente malsucedida.

De todos os aglomerados que haviam conhecido até então, aquele era o primeiro que se assemelhava a uma cidade de verdade. Havia ruas de pedra ali, margeadas por prédios compactos e vistosos. As grandes calçadas exibiam fortes lamparinas e demônios de vários tipos conversavam com ares descontraídos. Das saudosas janelas dos prédios saíam luzes das cores mais variadas, que davam certa alegria à arquitetura cinzenta daquele círculo. Por mais simples que parecesse, o fato de estarem no Inferno tornava tudo aquilo incrível aos olhos de David.

Como a maioria dos círculos é regida por príncipes egoístas, que só aceitam em suas terras demônios que trabalhem sob as suas ordens, sempre foi um desafio montar cidades capazes de abrigar a vasta gama de demônios comuns, que não possuem funções mantenedoras. De acordo com um dos guardas, Satanás, incapaz de convencer os príncipes a abrir mão de parte de suas terras, decretou que pelo menos dois deles ficariam responsáveis por abrigar os milhares de demônios que estavam abandonados à própria sorte pelo Inferno.

O resultado disso foi a criação de duas grandes cidades: a imensa metrópole do nono círculo, controlada e arquitetada pelo próprio imperador, e a cidade em que estavam agora, Ekron, criada e apelidada pelo próprio Belzebu em homenagem a um dos maiores centros de oferenda a este no passado. Portanto, aquela cidade era um exemplo da diversidade de demônios que existiam em todo o Inferno, além de uma amostra de todo o poder de organização que eles possuem: construir um aglomerado tão bem estruturado e organizado para uma população tão distinta não era uma tarefa simples.

Mari, irritada com o bom humor do parceiro, socou o braço dele algumas vezes pelo caminho. Os guardas, fiéis quanto à tarefa de guiá-los, estavam controlando o riso o máximo que podiam: em todos os séculos fazendo aquele serviço, nunca haviam encontrado uma dupla tão despreocupada.

Dentro de poucos minutos, o grupo entrou em uma larga alameda, relativamente afastada do centro da cidade. Os garotos mal viraram a esquina e já notaram uma enorme e conhecida construção, escondida entre os prédios e a escuridão daquela noite. Completamente terracota, com algumas bordas propositalmente destruídas, e com um ar de imponência conhecido há séculos pelos humanos, eles estavam diante de uma cópia, em tamanho real, do famoso coliseu romano. Passado um breve período de surpresa, durante o qual os dois foram incapazes de dar um passo sequer, David se viu preocupado com o que Belzebu submetia os mortos daquele círculo.

Quando questionados, infelizmente os demônios disseram que não haviam recebido ordens de levá-los ao coliseu. O destino deles estava um pouco antes da construção, em um prédio com uma aparência comum, apenas um pouco maior e mais iluminado do que os que haviam visto até o momento. Em sua fachada, existia uma placa onde podia ser lido "Praetectura".

Os dois seguiram em silêncio para dentro do prédio. Após se despedirem dos guardas, foram orientados a esperar em uma espécie de recepção até que o príncipe estivesse pronto para recebê-los. Passaram-se poucos minutos até que uma enorme porta envernizada fosse escancarada próximo de onde estavam. Dela surgiu uma conhecida figura, que recebeu David com um largo sorriso. Já esperando pela aparição de Behemoth, o desafiante retribuiu o gesto com vontade.

— Pensei que nunca chegaria, garoto — comentou o demônio, de forma amistosa. Pela primeira vez desde que David o conhecera, o motorista não estava trajado a rigor. Este vestia um uniforme semelhante ao dos guardas que os acompanharam e havia dispensado os óculos escuros, exibindo com orgulho os seus olhos bestiais. Ele estava mais abominável do que nunca.

— E eu, que você já tivesse me esquecido. Mas parece que realmente gostou de mim.

— Não tenha dúvidas quanto a isso. Admiro qualquer um que me garanta uma aposta bem-sucedida — riu com vontade. Em seguida pigarreou e assumiu uma postura um pouco mais séria, apontando educadamente em direção ao aposento do qual saíra. — Mas isso é assunto para outro momento. Por ora, peço que os dois me acompanhem. Meu mestre deseja conversar com vocês.

Os garotos não perderam tempo e logo o seguiram. Assim que colocou os pés no novo aposento, David se impressionou com a semelhança deste com o gabinete de qualquer político humano. Conhecendo Ekron e a verossimilhança daquele coliseu, desconfiara de que o príncipe mantivesse alguma afeição à cultura humana.

Belzebu se encontrava em um dos cantos, sentado em uma enorme poltrona de couro preto, circundada por uma mesa de carvalho impecavelmente organizada e uma grande janela de madeira. O príncipe não fugia, de modo algum, da descrição que David conhecia. De aparência cadavérica, possuía uma tez pálida, porte pequeno e cabelos negros, finos e escassos, apresentando falhas que o demônio tentava esconder com um penteado impecável. Os únicos aspectos que não desmentiam o seu *status* como príncipe eram os olhos, negros e gulosos, capazes de sugar qualquer indício de vida ao seu redor, e uma poderosa aura que o envolvia com naturalidade. O garoto sentiu-se um pouco atordoado ao notar que ele o encarava intensamente.

— Behemoth?

— Sim, mestre — respondeu o comandante, com uma grande reverência. Conhecendo o seu jeito debochado, David estranhou um pouco aquela reação.

— Não me agrada dizer isso, mas você tinha razão — prosseguiu, sem tirar os olhos do desafiante. Sua voz era vazia, não possuindo nenhuma marca específica, mesmo assim permanecera ecoando na cabeça de David por um bom tempo. — Peço que vocês dois se sentem. Behemoth, às minhas costas.

Após mais uma reverência, desta vez breve, o demônio partiu em silêncio para o lugar designado. Os garotos, por outro lado, hesitaram um pouco antes de se acomodarem nas cadeiras que haviam sido separadas para eles. Depois de se sentarem, passou-se um longo minuto de silêncio antes que David percebesse que o príncipe não iria começar a conversa.

— Senhor Belzebu, agradeço por ter nos recebido em seu gabinete.

— Fico satisfeito que assim esteja, mas não se preocupe em agradecer, David. Se nenhum dos guardas comentou com você, eu adianto que odeio muitas coisas e educação falsa é uma delas. Apenas controle a sua língua e ficará tudo bem; não precisa pisar em ovos comigo.

O garoto não conseguiu esconder uma careta. Ele mesmo achava antiquado, e algo constrangedor, ser tão educado com aqueles incumbidos de destruí-lo, mas, após seis círculos se comportando daquela maneira, e se safando, não esperava ouvir um comentário tão indelicado quanto aquele. Behemoth, de braços cruzados, cobrindo a única janela do recinto, ameaçou soltar uma gargalhada, porém se contentou com um largo sorriso. Era quase cômico notar quão profissional o comandante era em seu hábitat natural.

— Se você prefere assim, só posso dizer que fico feliz em não ter que manter as aparências — rebateu, então, fazendo o príncipe levantar uma das sobrancelhas. — Acredito que assim podemos ir direto ao que interessa.

— Sim, sim. Não há qualquer comparação — comentou Belzebu, enquanto se ajeitava em seu assento. O demônio logo retornou à mesa com os cotovelos apoiados no tampo, segurando o queixo sobre os dedos entrelaçados. — Imagino que o seu interesse, neste momento, seja a localização do próximo portal, estou certo?

Apesar de esperar inocentemente por algum acordo no qual pudesse ficar em Ekron por alguns dias antes de partir, David concordou com a cabeça. Mari repetiu inconscientemente o movimento, mais por desejar sair daquele círculo do que pela possibilidade de ter sido uma simples reação espelhada.

— Ótimo. Não tenho dúvidas de que encontrarei algo que se encaixe a você. Apenas adianto que as coisas não serão tão fáceis quanto nos círculos anteriores, David. Eu costumo abusar ao máximo dos poderes de decisão, investidos em mim pelo próprio Satanás, antes de definir qual será o seu fim.

— Me perdoe, Belzebu, mas não compreendo bem o que quis dizer com isso.

O príncipe repetiu o gesto de se afastar e retornar ao batente. Trazia um esboço de sorriso quando terminou de escolher as palavras que usaria.

— Você já deve saber que nós, príncipes, temos a liberdade de peneirar os desafiantes que prosseguirão, utilizando qualquer método que desejarmos. Embora a maioria dos nossos *queridos* príncipes prefira manter os mesmos jogos, independentemente do humano com quem estejam brincando, eu costumo colher o máximo de informações antes de dar o meu parecer. Tudo isso comparando o que vejo com o que consigo coletar de uma breve conversa. Isso costuma garantir um desafio à altura de cada desafiante.

David sentiu-se um pouco aliviado com aquela resposta. Afinal, tinha certeza de que o demônio, diferentemente de Asmodeus, não conseguiria nenhuma informação importante de sua boca, por mais que o pressionasse. O garoto era inteligente e sabia tudo o que o príncipe poderia usar contra ele.

— Podemos começar quando quiser, então — disse, esbanjando uma confiança indevida; em situações como aquela, ele acreditava piamente que, quanto mais arrogante fosse, mais crível soaria aos ouvidos do entrevistador. — Eu não tenho medo do que possa descobrir.

— Eu não tenho dúvidas quanto a isso — sorriu, debochado. — Behemoth já me alertou sobre você ser, ao contrário da maioria dos desafiantes, do tipo inteligente. Seria um desperdício de tempo ficar te fazendo perguntas das quais saberia desviar. Por isso, resolvi tentar uma abordagem diferente e aproveitar a nova posição do meu círculo para questionar a pessoa que mais conhece você nesta sala: a sua parceira. Ela parece ser bem mais honesta do que você, estou enganado?

David sentiu o alívio de antes perder lugar para um pânico silencioso. Belzebu não apenas havia recolhido informações suas com Behemoth, como também pretendia interrogar Mari, uma das poucas criaturas que havia presenciado a manifestação de Rahovart em seu corpo, além de quase todos os seus passos ali no Inferno. A garota, porém, não compartilhou do desespero do parceiro. Com calma, ajeitou-se na cadeira, cruzando os braços lentamente antes de se mostrar disposta a falar:

— Não poderia estar mais certo, Belzebu. David é um rapaz ingênuo e honesto, mas tem a irritante mania de tentar esconder as coisas que julga importantes. Eu, por outro lado, sou o completo oposto. E estou à sua disposição para o que desejar saber.

Os olhos negros de Belzebu, vazios há poucos instantes, chegaram a brilhar ao ouvir aquilo. O garoto, por outro lado, remexeu-se na cadeira inquieto, se perguntando se Mari havia decidido mudar de lado.

— Nada além do esperado — comentou o demônio, triunfante. — Primeiro, antes de começarmos, humana...

— Belzebu, se vamos fazer isso, por favor, me chame de *Mariana*, não de *humana*. Eu tenho um nome, afinal de contas.

— Tudo bem, tudo bem — chiou o príncipe, sem tentar esconder a irritação por ter sido interrompido. — Antes de começarmos, *Mariana*, vou deixar claro que só pretendo fazer algumas perguntas, todas breves e de respostas simples. Garanto que nada de ruim vai acontecer com você caso as responda com sinceridade. Estamos combinados?

A garota jogou-se para trás mais uma vez, com toques de dramaticidade. Estalou os dedos ásperos com vontade e depois voltou a cruzar os braços, encarando o demônio com olhos atentos. Ela parecia bastante compenetrada com aquilo.

— Por mim está tudo certo. Podemos começar.

— Ótimo, Mariana — prosseguiu, sorrindo com ironia. — Começaremos com algo simples. Alguma vez, minha cara, já percebeu algum comportamento fora do normal, pelo menos para um humano, por parte do seu parceiro?

— Praticamente o tempo todo, mas tenho quase certeza de que não da forma como você espera.

— Já notou, porventura, a presença de alguma marca estranha em seu corpo?

— Só se ela estiver escondida da cintura para baixo. Perdoe a minha inutilidade, Belzebu, mas eu ainda não consegui acesso a essa área.

— Certamente que não, claro. Prosseguindo: desde que se conheceram, ele já matara ou se gabara de ter matado algum demônio?

— Nenhum mísero demônio, posso garantir isso — respondeu, evidenciando cada palavra, com os dentes cerrados. Devido ao rápido desenrolar dos eventos recentes, ela quase se esquecera de quão irritada estivera por ter ficado responsável por todo o trabalho sujo do círculo anterior.

— Mesmo assim, imagino que tenham lutado para chegar até aqui. Considera que ele seja um bom lutador?

— Um dos melhores que conheço. Provavelmente melhor até mesmo do que esse brutamonte que você usa de cortina.

— Há quem discorde, minha querida — continuou. — Por fim, e insisto que seja de uma sinceridade ímpar nesta pergunta, você possui algum sentimento pelo desafiante?

— Olha, essa pergunta é difícil — fez uma breve pausa. — Talvez eu sinta um pouco de respeito por ele, principalmente pela forma como encara as coisas, mas ainda não decidi se ele merece até mesmo isso. Mesmo que eu tente negar, David em geral é um idiota, e eu ainda não sei se posso nutrir qualquer sentimento positivo por alguém assim.

Com esta última resposta, a sala mergulhou em um incômodo silêncio. David não tinha palavras para descrever o quanto estava impressionado com a naturalidade com que Mari lançara aquelas respostas. Sentia como se a garota tivesse nascido para desempenhar aquele papel. Behemoth, entusiasta daquela ideia, já não conseguia esconder uma gargalhada que teimava em tomar forma. Belzebu, diferentemente dos dois, havia perdido o sorriso e encarava-a com uma atenção quase assassina. Contudo, não havia traços de decepção em seu rosto.

— Interessante — comentou enfim, um pouco distante. — Então posso concluir que o nosso desafiante é, ironicamente, um protótipo esquecido e antiquado de herói: idiota, forte, honesto, incapaz de matar, mesmo que sua vida dependa disso, e companheiro de uma bela e carismática criatura. — Permitiu-se, então, fazer uma longa pausa, durante a qual levou uma das mãos ao queixo. — Eu sei exatamente o que faremos amanhã. Behemoth?

— Ao seu dispor, mestre — respondeu o comandante, de imediato, dando um passo à frente. Ele já havia se recomposto.

— Prepare dois aposentos para os nossos visitantes e volte para buscá-los assim que finalizar o serviço. Eles serão nossos convidados esta noite.

O demônio fez, outra vez, uma breve reverência. Após pedir licença, dirigiu-se à única saída da sala. Sua expressão parecia levemente frustrada quando passou pelos garotos. David conseguia imaginar o porquê.

— Se me permite a ousadia, Belzebu — disse o rapaz, antes que Behemoth conseguisse sair do aposento —, gostaria de saber o que foi decidido quanto a amanhã antes de o liberarmos.

O comandante encarou o mestre com olhos cheios de súplica. Belzebu, já esperando por isso, sorriu. Ele realmente havia encontrado uma ótima forma de encaixar o desafiante em seus joguinhos.

— Começo a compreender o porquê de ter se interessado por ele, Behemoth: os dois não passam de farinha do mesmo saco — zombou.

— Pois bem, David, atenderei ao seu pedido. Na próxima manhã você será levado ao nosso coliseu. Lá, ganhará a chance de usar o portal por meio de uma única luta, entre você e Behemoth, o demônio mais forte que possuo em meu exército. Se você ganhar o duelo, poderá prosseguir, sem nenhum contratempo. Se não ganhar, sua cabeça vai entrar para a minha coleção pessoal de desafiantes.

David sentiu um confortável aperto no estômago. Virou-se de imediato em sua cadeira, e encarou Behemoth com um sorriso bobo. O demônio retribuiu o gesto da mesma forma. Ambos estavam verdadeiramente felizes por receberem a autorização para matar um ao outro.

Mari foi a única criatura daquela sala a não ficar feliz com a decisão.

— E quanto a mim, Belzebu?

— Não vou mentir — começou o príncipe. Ele a encarava com uma ternura que não combinava com a sua figura. — O meu plano inicial era arrancar o máximo de informações de você e, depois, usá-la como motivação para que o seu *dono* fizesse besteira, mas vejo que isso não será necessário. Prometo que te deixarei em paz e permitirei que assista ao duelo da melhor fileira possível, como forma de expressar a minha satisfação por sua ajuda.

A garota não ficou contente com aquela resposta, mas optou por não reclamar. David podia sentir que, no fundo, estava aliviada por não ter a chance de mais uma vez se tornar um estorvo. Isso era fruto do sentimento de inutilidade que havia se intensificado depois do que acontecera com Satanás. O garoto adoraria convencê-la sobre o quanto estava errada, mas ainda não tinha ideia de como fazer aquilo sem machucá-la ainda mais.

— Agora, se me permitem, vocês chegaram aqui um pouco tarde e ainda tenho muito a resolver. Mas não se preocupem: certamente nos veremos pela manhã.

Capítulo 15

A luta

Os garotos saíram da prefeitura escoltados por Behemoth, em direção aos seus futuros aposentos. Durante o percurso, tanto David quanto o demônio conversaram alegremente, alternando suas atenções entre provocar um ao outro e parabenizar Mari pela surra que dera em Belzebu. A garota, após algumas cutucadas, resolveu se juntar à conversa. Seu humor ácido era exatamente o que faltava ao grupo.

Assim que alcançaram a fachada iluminada do prédio em que ficariam, despediram-se do comandante. David fez questão de garantir que no dia seguinte dariam um belo espetáculo, opinião compartilhada por ambos.

Mari fez uma careta enquanto o demônio se afastava. Não conseguia entender o que havia de tão especial entre o seu parceiro e aquele peculiar brutamonte. Enquanto subiam a escada até seus aposentos, questionou o porquê de os dois serem tão próximos. David, refletindo sobre como pouca coisa havia acontecido entre eles, não teve muito o que responder. Apenas sentia certa afinidade por Behemoth e confiava em seus instintos quanto a ele: era uma criatura decente e, na medida do possível, confiável. Uma pena que não pudesse dizer o mesmo sobre Belzebu.

O garoto não iria esconder que estava preocupado com a última resposta do príncipe a Mari. Conhecendo a fama dele, desconfiava de que estivesse planejando aprontar alguma coisa durante a luta, e não estava convencido de que isso não envolveria a parceira. Com isso em mente, sugeriu que dividissem um dos quartos naquela noite, proposta que a garota não aceitou muito bem. Depois de zombar de seu zelo desnecessário, jurou com uma solenidade falsa que gritaria o mais alto possível caso tentassem raptá-la. Um pouco vermelho pelas provocações, David desistiu de tentar convencê-la: ela ficaria bem.

Em seguida, separaram-se. Ele, encantado com a primeira cama de verdade que via desde que saíra do Brasil, deitou-se cedo e dormiu como há meses não fazia. Na manhã seguinte, assim que o Sol nasceu, foi acordado por fortes batidas em sua porta. Ainda sonolento, recebeu um dos guardas daquele círculo, escalado pelo próprio Belzebu para guiá-los até o coliseu. Cumprida a missão, ele avisou que estaria aguardando os garotos no saguão do prédio.

David se arrumou o mais rápido que conseguiu. Jogou uma boa quantidade de água no rosto, prendeu as adagas na cintura e começou a mordiscar uma das frutas que havia adquirido no quinto círculo. Assim que abriu a porta, encontrou Mari de braços cruzados, esperando-o.

— Ainda bem que te encontrei aqui em cima — comentou. — Precisamos conversar antes de sairmos.

— Tudo bem. Qual seria o assunto tão urgente?

O garoto, então, repetiu a sua teoria de que Belzebu estava tramando algo e de que a parceira, mesmo nas arquibancadas, estava longe de estar segura. Mari encarou-o com um olhar frio, mas não teve tempo de protestar as suas conclusões precipitadas. Ciente de que ela não interpretaria aquilo da forma como gostaria, David prosseguiu quase sem respirar, completando a sua suspeita com uma promessa que resolveu fazer por ambos: de agora em diante, os dois seriam o mais cautelosos possível, e dariam cobertura um ao outro sempre que algo de errado acontecesse.

Mari arqueou uma das sobrancelhas ao ouvir aquilo. Estava claramente surpresa por aquelas palavras, embora soubesse que, em se tratando de David, aquela não era uma proposta inesperada. Ela já desconfiava de que o parceiro havia notado o quanto estava magoada por estar sendo tão inútil, e sabia que não fazia parte da personalidade dele deixá-la ainda mais para baixo.

— Pensei que esse era o nosso plano desde o começo — ironizou, estranhamente meiga. — Fique tranquilo. Tenho certeza de que podemos contar um com o outro, mas apenas se corrermos. Estamos atrasados.

David, sorrindo, concordou em silêncio e acompanhou a garota em direção a uma das escadas. No saguão, avistaram o demônio que os havia acordado, sentado impaciente em um dos sofás. Depois de pedirem desculpas pela demora, acompanharam-no até o coliseu.

Já de fora era possível notar o grande número de seres que enchiam a construção, todos vibrando em uma alegria única. David, ao analisar parte daquela multidão, imaginou que quase toda a cidade estaria presente para a luta, um fato incrível, considerando o tamanho do local.

Após circularem a construção quase escondidos e entrarem no único portão sem movimento, foram transferidos para outros dois guardas, que os acompanhariam até os seus devidos lugares. Seguiram, então, por vários corredores simples, ornamentados por artigos bélicos humanos, de todas as épocas e culturas possíveis. Belzebu, assim como Mamon, possuía uma forte admiração pelos seres humanos, provavelmente fruto do amor que compartilhavam por guerras e disputas infrutíferas.

Esse amor se refletia na própria história do demônio. Durante as principais batalhas que tomaram conta do Inferno, nos tempos em que Satanás não passava de um "fundador sem propósito", o príncipe sempre desempenhou um papel de destaque, triunfando em muitas delas com estratégias ímpares e inimagináveis, que garantiram fama ao seu imbatível exército. Lembrando-se de que mesmo hoje, em tempos de paz, ele mantinha os seus homens preparados para qualquer problema, não havia dúvida de que sentia saudades dos tempos de guerra. E de que seria capaz de fazer de tudo para que uma nova eclodisse.

Encantado pelo que via e perdido em devaneios, David caminhava sem sequer olhar para a frente, distraído a ponto de quase perder o momento em que Mari fora arrastada para um corredor diferente do seu, rumo às arquibancadas. Com uma expressão irônica no rosto, ela desejou boa sorte ao parceiro, que retribuiu o gesto com um sorriso verdadeiro. Agora sozinho, forçou-se a prestar atenção no que ocorria. Em pouco tempo chegara a uma última escada, que levava ao subsolo do coliseu.

Assim que adentrou no calabouço, foi recebido por centenas de pequenas celas, abarrotadas de mortos apáticos que esbanjavam, sem orgulho, diferentes marcas dos injustos combates que deveriam tomar forma ali, desde volumosos hematomas a amputações grosseiras. Aquela cena o fez se lembrar de como Belzebu costumava ser odiado pelos outros príncipes, seja pelo perigo que seu exército e sua personalidade representavam, seja por permitir que uma pequena parcela de seus mortos fosse aniquilada, sem que pagassem por seus pecados.

David não estava ali para fazer julgamentos, mas, conhecendo a resistência dos mortos a serem destruídos e como um demônio, segundo Asmodeus, sofria caso um deles fosse assassinado, suspeitava que o príncipe fosse ainda pior do que os boatos diziam: ele provavelmente deixava os próprios homens como *responsáveis* por suas vítimas.

Enojado, seguiu em silêncio pelo calabouço até chegar a um novo ambiente. Era uma pequena alcova, escura e abandonada, com apenas duas saídas: aquela em que o garoto se encontrava e, na outra extremidade, aquela selada por um enorme portão de madeira. O guarda que o acompanhava ordenou que David aguardasse ali até que as arquibancadas estivessem cheias e Belzebu estivesse em seu devido lugar. Conhecendo alguns dos clássicos filmes de gladiadores, ele sabia que a única saída dali seria a arena e o encontro com seu adversário.

Não permaneceu sozinho por muito tempo. Logo um doloroso rangido anunciou que o portão estava se abrindo, lentamente iluminando todo o espaço. David, sendo esbofeteado pelo grito ensurdecedor de uma plateia sedenta por sangue, respirou fundo antes de dar o primeiro passo, colocando os pés na arena. Ainda cego pela claridade, sentiu, em um primeiro momento, o calor da areia sob o corpo e uma lufada desagradável de ar quente. Em seguida, conseguiu afinal identificar Behemoth parado bem à sua frente.

O demônio era um brutamonte gigante. Trajado com roupas muito mais leves do que as que geralmente ele usava, estava acompanhado por um enorme machado de metal, maior do que o próprio garoto. De braços cruzados, apresentava uma expressão séria, que se encaixava com perfeição na cena em que se encontravam.

Logo atrás do comandante, na primeira fileira da arquibancada, estava Mari, que gritava e gesticulava enlouquecidamente, apoiando-se nos dois demônios de que a cercavam para tentar ser notada. David, sorrindo, já desconfiava de que ela gostasse desse tipo de competição, mas nunca poderia ter imaginado que a garota fosse se comportar como uma tiete.

Em outro ponto da arena, em um local privilegiado, encontrava-se Belzebu. Sentado em uma espécie de trono, assistia a tudo com um visível ar de superioridade e uma alegria bem escondida. Sorrindo somente com os lábios, deixou a emoção do primeiro encontro entre os desafiantes perdurar por algum tempo antes de se levantar. Com uma das mãos, exigiu que todos os presentes ficassem em silêncio. O demônio só deu início ao seu discurso quando julgou ter atenção total de seu público.

— Queridos súditos, bem-vindos à nossa arena! — gritou, surpreendendo David com uma voz incrivelmente potente. Suas palavras foram seguidas por uma enérgica explosão de gritos dos que estavam presentes na plateia, com exceção de Mari, que vaiava com vontade. — Hoje, como todos sabem, acompanharemos um evento que há muitos anos esperávamos sediar novamente. Uma disputa sem precedentes pelo portal. Uma luta entre um desafiante, mero humano, e um dos nossos melhores soldados. O duelo mais nobre e significativo que poderíamos abrigar em nosso próspero círculo!

Mais uma vez a arquibancada vibrou e aplaudiu em um magnífico coral. Julgando pelo que via, David suspeitava que a maioria dos habitantes daquele círculo sentia falta dos tempos em que eram os primeiros a receber os desafiantes. Afinal o garoto tinha suas dúvidas quanto à capacidade de luta dos mortos que ali residiam, todos antigos glutões. Tal espetáculo deveria ser um evento raro.

— Como de costume, as regras serão ditadas por mim — prosseguiu o príncipe, mais uma vez exigindo silêncio. — Para não perdermos o brilho de uma manhã tão magnífica, hoje teremos uma simples luta até a morte. Os lutadores, portanto, deverão batalhar até o último suspiro, utilizando tudo que estiver ao seu alcance dentro da arena. No entanto, não é permitido invadir as arquibancadas ou os calabouços, sob penalidade de morte. Entendido, *gladiadores*?

Behemoth encarou seu mestre em silêncio. David optou por fazer o mesmo: talvez isso bastasse como um *sim*.

— Ótimo. Sem mais delongas, hoje teremos David Goffman, o desafiante, contra Behemoth III, primeiro em comando de meu exército. Com o poder investido em mim, enquanto príncipe, ordeno que o duelo comece.

Foi só então que Behemoth esboçou alguma reação. Com desenvoltura, girou o corpo e agarrou o cabo do machado com apenas uma das mãos, fazendo voar uma quantidade considerável de areia. Pendeu parte do cabo em seus ombros, enquanto aguardava David tirar humildemente as adagas da cintura e posicioná-las para o duelo. O comandante sorriu com vontade ao notar a expressão do seu adversário.

— Não estou vendo motivos para você estar tão feliz! — gritou David para o demônio, tentando ao máximo atravessar o coro da plateia.

— Ha! Continua engraçado como sempre. Eu não posso acreditar que, depois de tanto tempo esperando para lutar contra você, percebi apenas agora o quanto você é pequeno e magrelo. Quase um detalhe insignificante no meio de toda esta arena — riu.

— Se eu fosse você, não ficaria zombando de mim desse jeito. Não sei se percebeu, mas as chances de esse *detalhe insignificante* ganhar são bem grandes.

O demônio respondeu com um esboço de sorriso, mas logo franziu o cenho. David entendeu o que aquilo significava: eles estavam falando demais para dois lutadores à beira da morte.

O garoto respirou profundamente, planejando com rapidez os próximos passos. Behemoth era um humanoide de estatura grande e, a julgar por sua aparência e pela forma como manipulava o enorme machado que tinha nas mãos, incrivelmente forte. Em uma luta qualquer, esses dois traços trariam uma grande vantagem ao comandante, mas não contra David, que no caso ganharia um bônus em velocidade muito maior do que contra qualquer outro adversário.

Pensando assim, não hesitou em mergulhar na direção de Behemoth o mais rápido que conseguiu. O demônio, por outro lado, respondeu à investida com calma, jogando a lâmina de seu machado na frente de um dos pés, entrando em uma posição rígida o suficiente para defender metade do corpo. David estava prestes a mudar a sua trajetória para o lado desprotegido quando sentiu um pavor conhecido percorrer sua espinha, forçando-o a dar dois pulos para trás. O comandante pareceu contente com aquilo.

— Vejo que tem bons instintos, humano — comentou. — Mas isso não será o bastante nessa luta.

Com isso, o demônio correu em direção ao garoto e investiu horizontalmente com o machado. David desviou por pouco do ataque, em um misto de intuição e terror. Depois deu mais alguns passos para trás, garantindo pelo menos duas rotas de fuga. Era a primeira vez que lutava tão recuado em muitos anos, mas não tinha escolha.

David havia cometido um erro ao calcular as variáveis daquela luta. Behemoth realmente era mais lento do que ele, mas possuía uma sagacidade semelhante à do garoto, se não maior. Usando desse fato, e de toda a experiência que deveria possuir, o seu machado deixava de ser um enorme estorvo, tornando-se uma extensão de seu corpo, aumentando consideravelmente a área de ataque deste, e possibilitando uma alternativa perante adversários mais rápidos do que ele. Um bom exemplo disso era que, caso o desafiante tivesse prosseguido naquele primeiro golpe, o demônio teria usado o impulso de um chute para mover sua arma e cortá-lo ao meio antes que se aproximasse.

— O que foi, garoto? Perdeu aquela coragem de minutos atrás?

David sabia que não deveria se deixar levar por qualquer provocação, mas, naquela circunstância, era uma questão de honra não levar nenhum desaforo para casa. Havia prometido um espetáculo, e era isso que faria. Sua única chance de ganhar contra uma arma como aquela seria se aproximar o máximo que pudesse de Behemoth, inutilizando o alcance do machado. Perto o suficiente para restringir os movimentos do adversário e para se proteger de um ataque definitivo.

Mergulhou, então, em direção ao demônio para mais uma investida. Sem pensar em atacar, conseguiu desviar de duas investidas rápidas e, pouco a pouco, abriu espaço entre as suas defesas. Uma pena que, quando estava a poucos centímetros de conseguir desferir o primeiro golpe, Behemoth tenha acertado a lateral de seu abdome com o cabo do machado. David tentou amortecer a investida segurando-o, mas foi incapaz de competir com a força descomunal do demônio, sendo lançado para longe.

Levantando-se, notou a dor de uma costela quebrada e um filete de sangue escorrendo de sua boca. Behemoth sorria satisfeito, zombando silenciosamente do desafiante machucado. Respirando profundamente, David voltou a planejar sua próxima investida: nada o faria desistir de continuar tentando.

Confiava em seus instintos e sabia que precisaria se aproximar a qualquer custo se quisesse sair dali vivo. O resultado disso foram mais dois hematomas causados pela haste do machado e um chute que o acertou na boca do estômago, fazendo-o rolar no chão por alguns instantes. Após garantir sua dominância no duelo, Behemoth estava convencido de si mesmo e levantava as mãos aos céus, brincando com a plateia, toda vez que acertava um golpe. Estava apenas se divertindo com David.

— Não sei se percebeu, garoto, mas sem as suas marcas você nunca vai ganhar de mim. E não tenha dúvida: já estou me cansando de te dar uma surra.

David cerrou os dentes. Tinha quase se esquecido de que o demônio conhecia o seu segredo, e nunca imaginara que ele fosse pedir algo tão ridículo no meio de uma luta. O garoto havia sobrevivido até ali escondendo o seu contrato, e não jogaria fora todo esse esforço na frente de uma multidão de demônios e de um príncipe que adoraria presenciar aquilo. Foi só então que percebeu algo que há muito deveria ter notado.

Desde o quinto círculo ele vinha confirmando que a sua afinidade com o poder de seu mestre estava ficando cada vez maior e que podia utilizar poderes dos quais nunca imaginara ser capaz, sem precisar pedir *permissão*. Mesmo que ainda não tivesse testado essa evolução em batalha, não tinha dúvidas do que precisava fazer: aquela era a sua melhor chance caso quisesse ganhar a luta.

Aproveitando a distração de Behemoth, se pôs de pé e fechou os olhos. Deu forma ao contrato que tinha com Rahovart e concentrou o máximo de energia que conseguiu na palma de uma das mãos. Impressionou-se ao, mais uma vez, notar que o seu limite realmente havia aumentado, chegando a patamares ainda maiores do que quando tentara invadir a torre, no círculo anterior. Sem perder tempo, distribuiu com facilidade toda aquela poderosa energia de modo igual por todas as partes do corpo.

Logo percebeu que os machucados deixaram de doer e que as costelas, muitas delas fraturadas, voltavam lentamente à posição adequada. O corpo fora tomado por uma força revigorante e poderosa, que explodia dentro de si como dezenas de pequenas bombas. Os olhos exibiam um brilho peculiar, sedento por sangue. O comandante, tão sensível à energia demoníaca quanto o desafiante, levantou uma sobrancelha ao encará-lo. Não conseguindo encontrar nenhuma marca, ficou confuso.

— Mas o que diabos... O que foi que fez, garoto?

— Apenas o que me pediu, mas na medida certa — respondeu David, sorrindo. — Não vai me dizer que resolveu ficar com medo justo agora?

Behemoth respondeu com um largo sorriso. Sem perder tempo, pela segunda vez tomou a iniciativa na luta e atacou o garoto com uma machadada horizontal. David desviou do golpe com uma facilidade incrível, como se o oponente estivesse em câmera lenta. Sem hesitar, mergulhou por debaixo do machado e surgiu próximo ao adversário, que continuava comprometido por sua última ação. Ele deixou um grande corte em seu peito antes de se afastar, com elegância. A lesão fora superficial, mas o suficiente para fazer o demônio sangrar — um grande feito, considerando a resistência absurda deste.

— Ha! Garoto — riu o adversário, em pleno deleite —, após uma longa abertura, parece que finalmente começamos!

David apenas sorriu: o demônio não podia estar mais certo. Sem questionar, ambos começaram a revezar quem iniciaria as investidas. Behemoth, cada vez mais entrosado, desferia golpes poderosos e rápidos. David, ainda impressionado com seu novo poder, desviava de grande parte dos ataques e sempre conseguia deixar pelo menos um corte na couraça do adversário. O público vibrava e rugia com vontade, a cada novo embate e a cada nova gota de sangue derramada. A intensa energia que emanavam criou uma atmosfera pela qual David começou, aos poucos, a se apaixonar. Para alguém como ele, que gostava de lutar acima de tudo, aquilo era quase um paraíso.

Os dois mantiveram esse ritmo por longos minutos. Mari, animada pela forma como seu parceiro reagira, gritava com vontade, comandando uma espécie de torcida improvisada a favor deste. Belzebu, por outro lado, deixara de esboçar qualquer reação desde que o garoto começara a contra-atacar. Sentado na ponta de seu trono, o máximo que parecia estar disposto a demonstrar era uma impaciência quase palpável. Mesmo assim, aguardou atônito por uma oportunidade de intervir. Foi só depois que David e Behemoth se afastaram um do outro por um período considerável, ambos arfando, que o demônio abraçou sua inquietação e resolveu agir. Levantou-se bruscamente e, mais uma vez, pediu a atenção de todos.

— Imagino que seja apenas isso que saibam fazer — comentou para os lutadores, com uma frieza absurda. — Se não fosse tão patética, poderia dizer que chega a ser uma demonstração decepcionante.

Behemoth, mesmo cansado e machucado, imediatamente endireitou a postura e encarou o seu senhor com um semblante de respeito, antes de se curvar.

— Peço perdão que nosso duelo não esteja sendo de seu agrado, meu senhor. Também peço perdão pelo comentário que farei: todos aqui parecem estar gostando do que veem. Não acredito que estejamos fazendo algo tão ruim assim.

— Sua súbita insubordinação só não me surpreende mais do que a sua incompetência, Behemoth. Eu exigi uma luta até a morte, e não essa palhaçada ensaiada que estão me mostrando. Parece até mesmo que se afeiçoou de verdade a esse humano e esqueceu que nós, do sétimo círculo, apreciamos sangue. E nada mais.

David cerrou os punhos e percebeu que Behemoth, apesar de calado, fazia o mesmo. Ele não conseguia entender como o comandante podia permitir-se estar sob as ordens de um ser tão irritante e sórdido quanto o príncipe. Na verdade, não conseguia entender como qualquer um naquela cidade conseguia.

— E quanto a você, David? — prosseguiu. — Esperava mais de um desafiante que chegou tão longe. Simplesmente patético.

— Olha, infelizmente eu não posso discordar de todo. Mas você tem que admitir que eu melhorei muito da metade para cá.

O demônio não engoliu bem aquele comentário. Seu corpo frágil se deixou envolver por uma grossa camada de energia maliciosa, pulsátil, que assustou o garoto: pela primeira vez em um bom tempo, David teve a certeza de que morreria caso não tomasse cuidado com as suas palavras.

— Peço desculpas pelo sarcasmo, Belzebu — remendou rapidamente. — Mas esta é a minha maneira de lutar desde que me conheço por ser humano. Se você esperava outra coisa, deveria ter pensado nisso antes de ter me jogado aqui.

Belzebu massageou o cenho, com um visível semblante de frustração. David, porém, não conseguia acreditar que o príncipe estava realmente furioso com aquela situação. Era como se, lá no fundo, ele estivesse rindo por dentro, imaginando como tudo aquilo ocorria da forma como havia planejado.

— O que será que posso fazer com vocês? — suspirou enfim. — Não posso permitir que essa *coisa* que estavam fazendo prossiga, mas também não posso deixar que você, humano, passe sem ter cumprido o desafio proposto.

— Garanto que, se a luta está te incomodando tanto, podemos discutir o assunto de outra forma, com paciência. Behemoth certamente concordará com isso.

— Não posso fazer isso. Não com todos aqui — apontou para a plateia —, aguardando por um desfecho. Não. Pelo menos um dos dois deve terminar o que começamos. Um de vocês tem que *morrer*.

Por mais que David tenha mantido a expressão ilegível, sentiu uma raiva visceral invadir o corpo. O príncipe realmente havia comentado sobre desejar uma luta até o último suspiro antes de o duelo começar, porém o garoto nunca imaginou que ele fosse aceitar apenas uma morte como desfecho. Muito menos que fosse interromper o duelo na metade e exigir que pulassem para a etapa final.

Embora Behemoth continuasse de punhos cerrados, David sabia que no final ele seguiria as ordens de seu mestre. O demônio era um ótimo ser, mas parecia estar mais preso àquela cadeia hierárquica do que qualquer outro morador de Ekron. Mesmo assim, acreditava que o comandante não desejava matá-lo. Pelo menos não covardemente, fora de uma luta. O garoto, por outro lado, não o mataria nem se estivessem lutando. Isso ia contra a ideia de justiça que tinha e contra a promessa que fizera a Rahovart, de que não repetiria levianamente o que havia acontecido com seus pais.

Antes de prosseguir, encarou Mari na plateia. O destino dos dois estava ligado e qualquer escolha dele, naquele momento, deveria ser tomada por ambos. A garota, notando que ele esperava por alguma reação sua, deu um suspiro profundo. Conhecendo-o, sabia que o parceiro tomaria alguma decisão estúpida, mas estava disposta a apoiá-lo até o fim. Um pouco envergonhada, fez um sinal de que estava cobrindo as suas costas, gesto ao qual ele respondeu com um sorriso.

— Eu não vou continuar com isso, Belzebu — comentou então, pendurando as adagas na cintura. — Não vou matar Behemoth.

Por breves instantes, o garoto jurou ter visto um sorriso no rosto do príncipe, mas, se este realmente existiu, fora passageiro. A expressão dele estava contorcida, cheia de raiva e de uma decepção falsa. Behemoth, diferentemente de seu mestre, parecia de fato surpreso com aquela resposta.

— Não aceito algo covarde assim sendo dito dentro desta arena — comentou o príncipe. — Não enquanto eu estiver aqui. Nunca imaginei que você fosse do tipo que desistiria tão facilmente de seus objetivos, humano. Ainda mais por um pavor tão pequeno.

— Está enganado, Belzebu, não estou desistindo de nada. Assim como qualquer outro desafiante, eu fico repetindo em minha mente todos os meus objetivos, a todo instante, e não os abandonaria nem se quisesse. O que estou fazendo agora faz parte de um deles, já que um dia prometi a mim mesmo, e a meu mestre, que me manteria fiel às minhas crenças, independentemente do que acontecesse aqui. Por isso não vou matar ninguém, Belzebu, muito menos por um mero capricho seu!

Um breve período de silêncio seguiu-se ao discurso de David. Enquanto a plateia digeria com dificuldade as inspiradas palavras do desafiante, Behemoth cobria a boca com força, tentando, a muito custo, não rir do que ouvira. Seus esforços não demoraram a ceder, deixando escapar uma gargalhada profunda e verdadeira, que ecoou por um bom tempo antes de terminar em lágrimas. David, confuso e constrangido pela reação do comandante, assustou-se quando o demônio passou por ele acariciando seus cabelos com os dedos brutos.

— Você é realmente interessante, garoto. Uma pena que a vida não seja tão simples. Peço desculpas desde já pelo que vou fazer agora, mas não consigo ser tão forte ou tolo quanto você. Eu nasci para servir ao meu senhor, e não tenho pretensão alguma de desobedecê-lo. Segui-lo, mesmo que a contragosto, é o meu destino. — Virou-se, então, para Belzebu: — Você estava certo mais uma vez, mestre, sobre tudo o que me disse. Já não tenho argumentos para provar o contrário.

Em seguida deu mais um passo à frente. Sorrindo, jogou o grande machado no chão e fez um sinal com as mãos para Belzebu. David, sem compreender o que estava acontecendo, só percebeu o que o comandante estava planejando quando sentiu a energia do príncipe se espalhar por onde estavam, envolvendo todo o terreno que cercava Behemoth.

Desesperado, tentou correr em direção ao demônio, mas já era tarde. Belzebu, triunfante, havia invocado duas lanças aos pés de Behemoth. David, impotente, só pôde observar enquanto as lâminas atravessavam o coração do comandante, que, ferido, cambaleou algumas vezes antes de cair de costas. Sem vida.

Por instantes, o garoto desapareceu do mundo real. Caiu de joelhos ao lado de Behemoth, e encarou-o não apenas como um ser mortalmente ferido, mas como uma compilação de todos os cadáveres que já vira até então. Em algum lugar daquela arena conseguiu enxergar os pais, ambos com lanças douradas cravadas no peito. Um pouco mais adiante, podia avistar um anjo de olhos lilás que se divertia à custa das almas que acabara de destruir.

Desorientado, David encarou as arquibancadas com olhos vazios. Não escutava os gritos de desespero e indignação que os demônios soltavam, muito menos identificou Mari, pasma no meio daquela multidão inquieta. Seu olhar vagou por todos os lados antes de encontrar Belzebu. O príncipe, debruçado em sua seção particular, sorria com os lábios, encarando-o deleitoso.

David cerrou os punhos com força. O sangue subiu até a cabeça e ele já não pensava direito. O ódio tomara conta de seu corpo e ele sabia que só havia uma coisa capaz de acalmar aquele sentimento: precisava matar Belzebu.

Capítulo 16

O contratante

David havia entrado em estado de catatonia. A imagem de Behemoth no chão, o fantasma dos pais mortos e o sorriso debochado de Belzebu haviam despertado uma sede por sangue que, por mais que não admitisse, sempre estivera latente dentro dele. Embora a razão lhe pedisse para que não perdesse o controle, aquela era uma luta que jamais ganharia no estado em que estava.

Os demônios do coliseu, por outro lado, estavam aterrorizados. A morte de seu comandante pelo próprio mestre, o senhor de todo o sétimo círculo, os amedrontava. Sem saber qual seria a próxima vítima de seu ditador ensandecido, fugiam como podiam do coliseu, muitos pensando em nunca mais voltar a Ekron.

Preso em seu conflito interno, David nem sequer percebeu a fuga em massa que estava acontecendo quando passou os olhos, vazios, pelas arquibancadas. Nem o olhar preocupado de Mari, que, mesmo abatida pelo desfecho do conflito, aguardava de braços cruzados pelo parceiro, conseguiu chamar sua atenção. A única coisa que existia em sua mente era a morte de Belzebu. O príncipe, sorrindo, sabia bem disso.

— Bem, acho que agora conseguimos um campeão — comentou. — Como se sente quanto a isso, humano? Contente? Satisfeito? Ou, quem sabe, apenas *frustrado*?

David não lhe concedeu o prazer de uma resposta. Somente a voz do príncipe foi o suficiente para dissipar o que ainda lhe restava de razão e alimentar o seu assassino interior. Inconscientemente, cerrou os dentes e os punhos. Sentiu uma dor lancinante invadir seu corpo enquanto as conhecidas marcas negras cresciam em tamanho e número por toda a extensão de sua pele. Assim como na luta contra Mamon, uma aura negra o envolvia, forte e volátil, cada vez mais poderosa.

Mesmo que Rahovart tivesse avisado sobre os perigos do que estava prestes a fazer, David não se importava. Já estava fora de si quando entoou, em silêncio, o nome do mestre e dedicou o sacrifício de sua razão à morte do príncipe. O garoto desejava um poder que jamais imaginou que um dia fosse precisar. Poder este que ia além de qualquer limite estipulado para o seu corpo, e que certamente deixaria marcas que ele acreditava estar disposto a carregar. Rompeu, então, por força bruta, o selo que marcava o pacto entre ele e Rahovart: havia deliberadamente entregado sua vida ao acaso.

O resultado disso foi uma enorme explosão de chamas negras, que envolveu boa parte do centro da arena. Os demônios, paralisados por aquela cena, foram invadidos por um medo estranhamente familiar, por mais irracional que fosse. Era de conhecimento geral o futuro de um contratante que chegava tão longe. A raiva contida de David, assim como os acontecimentos recentes, parecia apenas ter adiantado o processo de transformação. O surgimento daquilo que sairia do epicentro daquela explosão certamente representaria o tabu mais assustador que os demônios conheciam, e talvez a criatura mais perigosa que muitos dali teriam o desprazer de conhecer.

Quando a poeira se dissipou, não restavam dúvidas sobre o que havia acontecido. David não era mais o mesmo. As marcas haviam desaparecido e dado lugar a uma grossa camada de energia negra, pura como poucos seres podiam esbanjar, que revestia grande parte do seu corpo como uma armadura. Suas adagas, vítimas da grande descarga de energia, haviam sido destruídas, sendo substituídas por longas garras negras. Seus olhos, sempre expressivos e cheios de mágoas, assumiram um azul profundo e vazio, adornados com fendas no lugar de pupilas. O garoto havia se transformado em um *demônio*.

— Quem diria... Você realmente é um contratante! — comentou Belzebu, sem economizar no sarcasmo. Parecia satisfeito com o que via. — Uma pena que eu não possa ficar para entretê-lo. Já cumpri o meu dever, e tenho muito a fazer. A partir de agora, você está livre para agir como bem entender. Adeus, humano. Desejo-lhe sorte no que restar de sua jornada.

David encarou o príncipe com uma expressão vazia. Sua mente estava afastada de qualquer pensamento que pudesse ser considerado inoportuno, e o nome de seu alvo, Belzebu, ecoava ininterruptamente em sua mente. Com calma, fez menção de que iria saltar em direção ao príncipe, porém este, com um simples estalo de dedos, despareceu em uma nuvem de fuligem, sem deixar qualquer outro rastro para trás. O garoto aparentou estar mais confuso do que o esperado com aquilo. Após vasculhar em vão cada pedaço de terra pela energia do príncipe, entrou em um torpor silencioso.

Nenhum dos demônios diminuiu o ritmo com que escapavam da construção. Apesar de até então nunca terem encontrado um ser como David, possuíam um sexto sentido incrível para situações de perigo iminente, e sabiam, inconscientemente, que a ausência de Belzebu colocaria a vida deles em risco.

Insensível a isso, o contratante saiu de sua inércia. Sem pressa, levantou os braços e apontou com a extremidade de uma das garras para um ponto inespecífico da arquibancada. Após condensar uma poderosa bola de energia, lançou-a na direção indicada, gerando uma devastadora explosão. Pelo menos dois seres, pegos de surpresa, não conseguiram escapar totalmente da investida, caindo feridos sobre os próprios joelhos.

Vários desses ataques seguiram o primeiro, todos executados com a mesma frieza e calma. A maior parte dos demônios tentava fugir do alcance das explosões, muitas vezes em vão. Outros tentavam repelir os ataques, alcançando resultados variáveis. David, indiferente aos gritos e súplicas que o cercavam, prosseguia sem piedade, destruindo lentamente o coliseu, assim como todos os seres que estivessem no caminho. Não existia sequer uma expressão em seu rosto, apenas a fria demonstração do incrível poder de Rahovart.

Quando quase metade da construção estava aos pedaços, o garoto sentiu algo frio trespassando suas costas. Por instantes retomou o controle do corpo, encarando, fatigado e confuso, o caos que o cercava. Não demorou a perceber que havia alguém atrás dele e que um líquido quente escorria pelo dorso. A última lembrança que teve antes de desfalecer foi a de Mari se pondo abaixo de seu corpo. A espada da garota, como suspeitava, estava tingida pelo seu sangue.

Capítulo 17

O passado

David estava imerso em escuridão. De cabeça para baixo, escorregava lentamente, mergulhando cada vez mais fundo em um breu que parecia não ter fim. Por mais que tentasse, não conseguia entender o que estava acontecendo, apenas sabia que não deveria estar ali. Pelo menos não tão cedo.

Foi com grande esforço que conseguiu girar o corpo e se arrastar em direção à única estrutura sólida que encontrou, recostando-se inconscientemente nela. Atordoado e confuso, encarou toda aquela escuridão com bastante atenção, refletindo em vão sobre onde estava. Após alguns minutos sem conseguir chegar a qualquer resposta, enfim encontrou algo digno de atenção.

Tratava-se de um pequeno ser, cinza, velho e narigudo, semelhante a um duende. Enquanto brincava com o grande cesto que levava nas mãos, sorria de maneira dócil para David, trazendo ao garoto um sentimento de nostalgia e paz indescritível.

Aquela pequena criatura, torta e desencaixada, era Rahovart. Braço direito de Satanás por muitos séculos, era um antigo e poderoso demônio, famoso por seus ideais de justiça e liberdade, assim como por sua postura inflexível. Nessa última década e meia, porém, havia sido reduzido a pouco menos que um pensamento de David.

Após aquela tarde fatídica, em que o garoto não apenas sentiu o peso do sangue em suas mãos pela primeira vez, mas também a dor da morte dos pais por uma criatura inimaginável, David se tornara outra pessoa. Já escutava desde pequeno os apelos melodiosos e assombrosos de Rahovart, mas foi apenas depois daquele dia que se entregou ao seu contrato e conheceu o demônio como já deveria ter feito havia muito tempo.

Para a sua surpresa, Rahovart não passava de um duende velho e ranzinza. Com calma, e um pouco de remorso, desculpou-se pela forma como havia tratado os seus colegas, porém deixou claro que não se arrependia do que fizera: aquele havia sido um castigo justo para as ações deles. Mesmo desconfiado, David ouviu suas palavras com atenção. Embora nunca tenha admitido, apaixonou-se instantaneamente pela ideia de justiça de seu mestre. Ele não era nem um pouco parecido com o monstro insensato que o garoto sempre imaginara.

Daquele dia em diante, os dois passaram a conversar com certa regularidade. Pouco a pouco, David foi se afeiçoando ao demônio, seu único companheiro. Apesar do mau humor característico e de suas visíveis frustrações por não ter alcançado tudo o que desejava para o Inferno, Rahovart era uma ótima companhia e uma incrível fonte de conhecimento. Em questão de poucos anos, apresentara ao pupilo quase tudo o que este precisava saber sobre os demônios. Dentre os assuntos, lecionara história, política, organização social, divisão territorial e, com muito custo, latim. Quando o garoto alcançou os doze anos, seu último feito como professor foi a criação do estilo de luta que ele ainda utiliza, uma conquista e tanto.

Entretanto, nem tudo na relação dos dois foram flores. Rahovart, apesar de todas as suas improváveis qualidades, possuía a insensibilidade dos demônios. Pouco depois dos primeiros acontecimentos que levaram à sua aproximação, ele julgou que o aluno estava pronto para aprender sobre como era feito um contrato. Em uma noite calma, isolados do mundo, contou que tanto demônios quanto anjos eram capazes de realizar contratos com humanos, mas apenas quando estão em sua *forma espiritual*. Esta é alcançada quando eles são assassinados por seres celestiais, transformando-se em massas de energia incapazes de interagir com o meio físico ou de ser revividas.

Rahovart sempre se recusou a contar quem havia feito aquilo com ele, e nunca trouxe o assunto por conta própria. A única coisa que deixava claro sobre o tema é que se arrependia amargamente pelo que ocorrera, e desejava voltar ao jogo a qualquer custo, sobretudo para se vingar do seu assassino.

Um contrato, apesar do que muitos pensam, servia basicamente para isto: fazer um *espírito* retornar ao *mundo real*. O demônio ou o anjo em questão vagava pela Terra até encontrar um ser compatível com a sua energia. Após realizar uma reunião especial com este e fazê-lo aceitar os seus termos, os dois tornavam-se uma unidade, um só ser. O detalhe é que, após alguns anos vivendo em mutualismo, o espírito acumula poder suficiente para tomar posse do hospedeiro, transformando-se no que os demônios chamam de *híbridos*: corpos humanos transformados e controlados por uma entidade divina. Esses seres costumam ser poderosíssimos, sendo muitas vezes mais fortes do que o demônio ou o anjo original. Por outro lado, não são imortais.

David havia entendido bem aquela explicação, porém tinha várias dúvidas sobre o assunto. A mais preocupante era a de não possuir qualquer lembrança sobre ter realizado um contrato com Rahovart. Sem rodeios, o demônio respondeu que, quando no ventre de suas mães, o contrato pode ser feito por intermédio delas, sem deixar de ser legítimo.

Não satisfeito com aquela resposta, David pressionou o demônio a lhe dar mais informações. Rahovart, mais relutante do que de costume, respondeu àquelas súplicas com uma breve história. Poucos meses antes de o garoto vir ao mundo, seu pai recebera o diagnóstico de uma doença terminal, que o mataria, no melhor dos cenários, dentro de algumas semanas após o nascimento do filho. Conhecendo a inocência dos pais do garoto, e sabendo que a mãe dele faria de tudo para salvar o seu único amor, o demônio aproximou-se dela e prometeu curá-lo em troca do primogênito. Mesmo confusa, ela não teria outra escolha caso quisesse salvar a sua família. Acabou, portanto, concordando com os termos do demônio.

Com o contrato selado, o Destino fez o seu trabalho, e o pai de David foi curado. Como prometido, o demônio se uniu à criança antes mesmo de esta vir ao mundo, porém se viu incapaz de tomar seu corpo. O resultado disso foi que o garoto nasceu, cresceu e se desenvolveu sem nenhuma complicação relevante. Os pais, criaturas simples dotadas da mais pura ignorância, convenceram-se de que Rahovart não era um demônio, e sim um milagre enviado por Deus. Este, por sua vez, ficou preso para sempre no subconsciente do contratante, quase sem poder se manifestar.

Chocado, David não conseguiu acreditar em tudo aquilo. Os pais, a quem tanto amava e que o inspiravam diariamente a aguentar uma série de treinamentos pesados e insignificantes, na esperança de um dia vingá-los, eram, na verdade, seres mesquinhos que sacrificariam o próprio filho de acordo com os seus interesses. Em negação, afastou-se de Rahovart por algum tempo, mas voltou arrependido após poucas semanas. Sozinho, e sem nenhum objetivo de vida próprio, sentia um doloroso vazio dentro de si longe de seu mestre. Além disso, sabia amargamente que não podia culpar o demônio pelo ocorrido: ele apenas se aproveitara, de forma pragmática, de uma situação oportuna, como qualquer outro ser celestial teria feito.

Voltou, então, a treinar com Rahovart. Mesmo tendo descoberto que os pais eram verdadeiros idiotas e que nunca haviam se importado de verdade com ele, nada daquilo mudava o fato de terem sido mortos injustamente e de assim terem destruído grande parte de sua vida. Gostando ou não, a ideia de se vingar daquele que os matara continuava sendo o único objetivo de vida que julgava plausível. E ele sabia que devia pelo menos isso a Rahovart, que tomara suas dores mesmo consciente de que nunca voltaria a existir.

Chegava a ser engraçado lembrar-se de tudo aquilo justamente agora. David sabia que aquela figura à sua frente não era o seu mestre, e que talvez fosse impossível revê-lo algum dia, não importava quão fundo mergulhasse em seu subconsciente. Afinal, Asmodeus tinha razão: Rahovart estava aos poucos sendo absorvido pelo garoto. Ele só não sabia se aquilo fazia parte de um plano bem elaborado do demônio para finalmente tomar seu corpo ou, o mais provável, se estava apenas sendo fiel à missão de guiá-lo até o fim em direção à sua vingança.

Independentemente da resposta, ele já não podia voltar atrás. Todos aqueles anos de treinamento e suor serviram para colocá-lo onde estava agora, a poucos passos de conquistar o Inferno e garantir uma passagem para os Céus. Lá cumpriria suas duas grandes promessas: buscaria e mataria o anjo que assassinara o seu mestre e também àquele que destruíra a alma dos seus pais. Só assim encontraria paz.

Sorriu uma última vez para a figura de Rahovart. Em seguida, fechou os olhos e entregou-se à escuridão que o cercava. Ele já havia passado tempo demais ali.

— Adeus, mestre. Garanto que não vai se arrepender de tudo o que fez por mim.

Capítulo 18

Mariana

Sete dias haviam se passado desde o ocorrido no coliseu. Mari, lustrando a espada de forma desatenta, repetia involuntariamente o gesto que mais vinha fazendo: encarar o parceiro com um zelo exagerado. Os dois estavam, naquele momento, dentro de uma grande prisão de gelo, cercados por quase trinta mortos cadavéricos e apáticos que compunham uma improvável família. Chegava a ser uma ironia do destino lembrar que há alguns anos a garota havia sido um deles, uma recém-chegada ao oitavo círculo, fraca e sem amor algum à própria vida.

David, após todo o transtorno que havia causado, entrara em uma espécie de coma vígil. Embora evoluísse de modo progressivo para um estado mais confortável, e o grande corte que exibia nas costas já não sangrasse como antes, o garoto parecia preso em pesadelos que não viriam a terminar. Mari desconfiava de que a cela fria em que estavam possuísse a sua parcela de culpa nisso, mas no momento, infelizmente, não havia opções melhores.

Poucos minutos depois da trágica conclusão do duelo contra Behemoth, Mari ficara perplexa enquanto assistia, atônita, à transformação do parceiro. Lembrava-se de ter encarado Belzebu intensamente, cogitando a ideia de que o demônio fosse o responsável pelo que estava acontecendo, porém não demorou a perceber que aquela era uma acusação sem fundamento. Ela sempre soube que David escondia algo por trás do seu sorriso fácil e de suas mágoas mal resolvidas, e não podia negar que já havia imaginado que isso pudesse estar relacionado à energia que o envolvia: sempre existiu a chance de ele ter sido um pouco demônio.

Ao concluir isso, sentiu uma onda de raiva tomar conta de seu corpo. A garota odiava os demônios mais do que a si mesma. Tinha nojo e rancor daquelas criaturas sem consciência, que brincavam com os humanos como se fossem os seus donos. Eram seres dos quais pensou, ingenuamente, que estaria livre quando decidiu tomar uma atitude definitiva. De todos os seus enganos, sem dúvida o maior.

Foi enquanto remoía mágoas antigas que ouviu a primeira explosão e tomou ciência dos terríveis gritos vindos das criaturas que tanto odiava. Demônio ou não, conhecia o parceiro e sabia que ele era incapaz de atacar seres inocentes. Havia algo muito errado acontecendo, e ela tinha plena consciência de que era a única ali que tentaria detê-lo, antes que ele fizesse algo do qual se arrependeria para sempre.

Sem pensar duas vezes, pulou da primeira fileira em direção à arena. Com a espada embainhada, correu em direção ao parceiro e tentou fazê-lo voltar à razão. Aproximou-se dele repetidamente, porém nenhuma das tentativas terminara de modo diferente: sempre que chegava perto o suficiente, David a encarava de soslaio com aqueles olhos frios e vazios, não hesitando em atacá-la com suas enormes garras antes de voltar a bombardear demônios aleatoriamente. Em uma das investidas, a garota chegou até mesmo a pensar que nunca estivera tão próxima de perder um dos braços.

Mais uma vez, Mari sentiu a raiva dominá-la por completo. Mesmo preocupada com a situação, tinha plena consciência de sua impotência, e de longe não era tão determinada quanto o parceiro. Por duas vezes, a ideia de fugir e abandonar a arena enquanto podia passou por sua cabeça, porém algo a impedia de sair daquele lugar. A antiga Mari teria fugido sem se importar com o que estava deixando para trás, mas não a atual. Ela estava responsável pelas costas de David e não se daria por vencida até que o salvasse.

Perdida em devaneios pessoais e dilemas morais inéditos para ela, assustou-se quando uma poderosa e conhecida voz chamou por seu nome. Ao seu lado, arrastando-se com meia lança ainda cravada no peito, estava Behemoth. Ela desconhecia qual era a expressão que usava na ocasião, mas notou que o demônio, sorrindo, parecia satisfeito com o que via.

Mari atendeu, desconfiada, ao seu pedido por ajuda, auxiliando-o a se levantar. O comandante, ao afirmar que não lhe restava muito tempo, logo a questionou sobre o conhecimento que ela possuía em relação ao estado em que David se encontrava. Após certificar-se de que a garota não entendia nada do que estava acontecendo, rapidamente sumarizou a ideia de um contrato e explicou que o garoto, assim como qualquer outro contratante, estava daquele jeito porque havia perdido o controle de suas emoções.

Mesmo preparada para qualquer que fosse a explicação, Mari ouviu aquelas palavras com os punhos cerrados. Não podia acreditar que David, conhecendo a sua opinião sobre os demônios, havia escondido o fato de um dia ter realizado um contrato com um deles em busca de poder. Behemoth, imaginando que seria interpretado de forma errada, fez questão de garantir que o desafiante era orgulhoso demais para um dia ter sequer cogitado formar um contrato; ele provavelmente havia sido mais uma vítima da ignorância humana.

Quase no fim de suas forças, o demônio terminou o discurso informando a localização do próximo portal. Com uma expressão séria no rosto, suplicou a Mari que salvasse o garoto a qualquer custo. Quando ela admitiu, sem jeito, que não fazia ideia de como faria aquilo, o comandante respondeu, com um meio sorriso nos lábios, que ela deveria apenas confiar em seu julgamento e não ter medo de fazer o que era necessário.

A garota não compreendeu bem o verdadeiro significado daquelas palavras, mas não conseguiu persistir com as perguntas. Ela apenas suspirou, insegura, enquanto assistia Behemoth perder os sentidos pouco a pouco. Praguejou por alguns instantes, antes de lhe agradecer em silêncio. Em seguida, voltou a atenção a David. Tentando ao máximo confiar em si mesma, deixou que o primeiro de seus pensamentos tomasse forma — o que a levou a imaginar algo de que não sentiu orgulho. Mesmo conhecendo a situação em que estavam, e possuindo uma ideia da provável história trágica por trás do contrato do parceiro, a única coisa que vinha à sua mente quando o encarava era o desejo de destruir cada centímetro de sua existência. Foi apenas ao admitir aquilo que percebeu que ainda existia algo que poderia fazer para ajudá-lo.

No sexto círculo, após encontrarem o primeiro grupo de goblins, David havia tagarelado sobre a assustadora capacidade de regeneração dos demônios de sombra. Analisando a coloração, a forma e a fluidez da energia que o envolvia, a garota podia jurar que o contrato dele se realizara com um desses seres. Se Behemoth realmente soubesse o que dizia e a revitalização do garoto durante a luta não fosse mera coincidência, Mari acreditava que poderia atacá-lo com tudo que tinha e, depois, simplesmente arrastá-lo, à beira da morte, para o próximo círculo. Ele com certeza se recuperaria — algo pelo qual ainda nutria esperanças.

Com isso em mente, respirou com calma. Ajeitou a espada junto ao corpo e aguardou com paciência até que o parceiro estivesse preso entre dois ataques. Quando a oportunidade surgiu, investiu rapidamente na direção dele, afundando a lâmina em um pedaço de carne desprotegido de suas costas. Aplicando mais pressão do que estava acostumada, a garota desferiu o golpe mais mortal que já havia feito em outro ser humano, antes de recuar dois passos. David, em vão, tentou se afastar, mas faltou-lhe sangue. Com os olhos voltando a brilhar, quase humanos, ele encarou Mari confuso, antes de cair suavemente sobre os seus ombros. Foi, então, escorado inconsciente até a alcova de Behemoth, em direção ao novo portal.

Temendo que os poucos demônios que permaneceram no coliseu logo os seguiriam, Mari não hesitou em mergulhar na conhecida energia azul. Após os rodopios de costume, estranhou ao sentir a neve sob os pés pela primeira vez em dias, assim como o conhecido vento gélido do oitavo círculo. Encarando aquele nostálgico cenário algodoado, e a nevasca sem fim que assolava o pouco que conseguia enxergar, não teve dúvidas: havia retornado ao seu lugar de direito.

Outra prova desse retorno fora o aparecimento de meia dúzia de demônios humanoides recobertos por gelo, carinhosamente apelidados pela garota de *glacious*, que os cercaram assim que os viram sair do portal. Ciente de que precisaria de um teto para poder cuidar do parceiro, e de que não fazia sentido manter uma luta na situação em que se encontravam, jogou David com delicadeza no chão e permitiu que os demônios os arrastassem em direção à maior construção daquele círculo: *a grande prisão de gelo.*

Desde então os garotos vinham dividindo a mesma cela, encarcerados junto a dezenas de mortos deprimidos e apáticos. Mari, como veterana daquele círculo, já no primeiro dia assumiu o comando da cela. Prometeu que representaria aqueles mortos nos duelos que se seguiriam, em troca de proteção ao garoto e uma porção maior de comida e água. Eles, indiferentes a quem lutaria por sua sobrevivência, aceitaram a proposta sem protestar.

Já nas primeiras vinte e quatro horas, David apresentara sinais de que não corria mais risco iminente de vida. Chegava a ser impressionante quão rápido se recuperara após ter sido trespassado por uma lâmina. Mesmo assim, Mari perdia diariamente algumas horas encarando-o, esperando, com todo o seu pessimismo, que ele fosse dar algum sinal palpável de que ficaria bem. Hoje, sentada à sua frente, afiando a espada cada vez mais próxima de um fim precoce, transitava entre remoer a culpa silenciosa de ter colocado o parceiro naquele estado e memórias antigas que ainda lhe causavam dor. Para o seu alívio, naquele mesmo dia David deu os primeiros indícios de que iria acordar.

Após alguns minutos inquieto, rolando sobre o próprio eixo, levantou-se em um sobressalto, confuso e suando frio. Notando a multidão de mortos que o cercava, tentou sacar as adagas, porém não as encontrou. Sem forças, cambaleou para trás e caiu de costas no chão gelado. Só voltou a ficar de pé instantes depois, com a ajuda de Mari. Sem pressa, a garota o escorou até uma das paredes e aguardou em silêncio que o coração dele se acalmasse. Por orgulho, ela escondeu a alegria e o alívio que sentira por vê-lo novamente consciente.

O garoto permaneceu em silêncio por um bom tempo, encarando fixamente o vazio, atônito. Sua mente estava enevoada, e ele tinha poucas lembranças dos eventos recentes. Na verdade, por algum motivo, a única coisa de que se lembrava com clareza era do estranho sonho que tivera com seu mestre, e nada mais. Quando finalmente conseguiu falar, sua voz custara a tomar forma:

— M-mari... o-onde e-estamos...?

— Estamos no oitavo círculo, David.

— N-no oitavo...? Qu-quando foi q-que... N-no oitavo...?

A garota não respondeu de imediato. Levantou-se, com calma, e ajeitou-se em frente ao parceiro. Com uma expressão séria, encarou os olhos dele com firmeza. Mesmo não gostando do que via, precisaria se acostumar com o *novo David* caso pretendesse continuar acompanhando-o.

— David, preste muita atenção em mim. Antes de responder a qualquer dúvida, eu preciso te perguntar uma coisa muito importante: você se lembra do que aconteceu na arena?

— N-não muito bem — admitiu, desviando inconscientemente o olhar. — E-eu lembro de estar lutando contra B-behemoth, qu-uando Belzebu nos chamou e... — fez uma súbita pausa. — Ah, é-é mesmo. E-eu me lembro do que ele fez...

O garoto levou as duas mãos, trêmulas, às têmporas. Mari podia notar, por sua expressão, o quanto ele estava sofrendo, não apenas por todos os danos físicos que havia recebido, mas também pela vergonha de tudo o que havia acontecido. Vê-lo daquele jeito a fez se lembrar de como ficara após ter sido derrotada pelos íncubos, no quinto círculo. Poder enfim assumir o papel de madura a fez perceber, novamente, como havia mudado desde que conhecera o parceiro, algo que não era de todo ruim.

— A-aquele miserável! — exclamou David, após algum tempo. Socou o chão com força, porém não conseguiu apaziguar em nada o ódio que crescia em seu peito. — Nunca imaginei que ele seria capaz de matar Behemoth, seu braço direito!

— Eu, por outro lado, sempre imaginei que ele fosse capaz de algo assim. E, pelo que tínhamos conversado, acreditava que você também pensasse assim. E, antes que volte a reclamar sem motivos, digo mais: acho que você está apenas fugindo do problema principal desviando a sua raiva para Belzebu.

Mari dissera aquilo em um tom frio e monótono, sem dar espaço para protestos. David, envergonhado, acreditava saber o que ela escondia por trás daquelas duras palavras. Mesmo depois de tantos dias viajando juntos, o garoto não havia sido honesto quanto ao seu contrato. Conhecendo a aversão da parceira aos demônios, não tinha dúvidas de que o que acontecera na arena não deixara boa impressão.

O problema era que ele não conseguia se lembrar do que havia acontecido após quebrar o selo, não sabendo ao certo do que exatamente precisava se defender. Notando a severa expressão da parceira, desconfiava de que as coisas não tinham ocorrido exatamente como imaginara: algo devia ter saído do planejado.

— Sim, estou fugindo, você tem razão. Mas, antes de prosseguirmos, preciso te pedir um enorme favor. Minha memória não retornou por completo, e eu gostaria de saber o que exatamente aconteceu depois que eu me transformei. Poderia me colocar a par da situação?

A garota suspirou profundamente, incomodada. Admitia não ter planejado reviver aquilo duas vezes no mesmo dia, mas não podia fugir daquele pedido. Rapidamente, discorreu sobre tudo o que havia acontecido após David ter se transformado em um demônio. Ele escutara tudo com paciência e certa indignação, soltando eventuais comentários desacreditados. O que mais o perturbou naquele relato fora o desaparecimento de Belzebu, o ataque visceral às arquibancadas, as últimas palavras de Behemoth e o fato de agora estarem em uma prisão de gelo no oitavo círculo, encarcerados. Após digerir tudo aquilo com dificuldade, permaneceu de cabeça baixa por algum tempo, em silêncio. Um misto de vergonha e de descrença transparecia em seu rosto.

— Miserável! — praguejou enfim. Mari se perguntou de quem ele estava falando: seria do príncipe, do comandante ou de si mesmo? — Ou melhor, *miseráveis*. Como Behemoth sobreviveu após um ataque daqueles?

— Ele perdeu os sentidos na minha frente, David. Independentemente se estava ou não dissimulando toda a situação para agradar ao seu mestre, ele estava de fato moribundo quando falou comigo.

Fora isso, achei que ficaria ao menos aliviado em saber que ele pode ter sobrevivido. Afinal de contas, foi por causa dele que você ficou daquele jeito, certo?

— Podemos dizer que sim — admitiu —, mas, diferente do que ele te informou, isso não teve relação com o fato de eu ter perdido ou não o controle sobre os meus *sentimentos*. Demônios não costumam se envolver com determinadas coisas, então não o culpo por ter tão pouco conhecimento sobre contratos.

— Sinta-se à vontade para me explicar. Eu não sou um demônio, e me permito ficar curiosa sobre *essas determinadas coisas*.

A garota, de braços cruzados, aguardava por uma explicação. David, envergonhado, sabia que lhe devia pelo menos isso. Ele precisou de alguns instantes de reflexão para formular a maneira mais simples de ilustrar tudo aquilo.

— Eu não sou um personagem de anime qualquer, Mari. Aquilo que aconteceu na arena não foi um mero descontrole emocional, mas sim a técnica mais poderosa que um contratante pode usar. Ao permitir que o nosso corpo seja comandado por uma *simples ordem*, conseguimos extrair um poder que vai muito além do nosso contrato, muitas vezes próximo daquele do ser que abrigamos.

— Vejo que não é algo muito seguro — comentou. — Mesmo assim, você não pensou duas vezes antes de usá-la.

— Admito que não é o mais seguro dos artifícios, mas era a única carta que tinha nas mãos para derrotar um demônio tão poderoso quanto Belzebu. Além disso, de maneira geral, as coisas se complicam apenas quando o adversário sabe como a técnica funciona. Belzebu, por exemplo, ao fugir sem deixar nenhum rastro, confundiu a minha ordem e acabou fazendo com que eu perdesse o controle da situação. Foi justamente por isso que meu mestre pediu para que eu não usasse isso aqui no Inferno.

— *Mestre*? — repetiu a garota, enfatizando cada sílaba da palavra. O tom da sua voz era assustadoramente monótono. — Então é assim que você o chama?

David não prosseguiu de imediato. Assim como desconfiara,

Mari não estava nem um pouco contente por ter descoberto sobre o seu contrato. Desde que se conheceram, ela deixara clara a sua repugnância pelos demônios, seres que provavelmente a assombraram todos os anos em que esteve no Inferno. Mesmo sabendo disso, o garoto não permitiria que desrespeitassem Rahovart daquela forma. Ainda mais alguém que o julgasse com base em estereótipos superficiais.

— Entendo que não aceite bem o fato de eu ter um contrato com um demônio, e também que esteja com raiva por eu ter escondido isso de você. Eu realmente sinto muito por tudo o que aconteceu, mas você precisa entender que cresci sem pais e que Rahovart foi a única família que eu tive por muitos anos. E que, sim, eu o considero meu mestre, se não mais.

— David, se dê ao trabalho de pelo menos me respeitar. Você sabe bem que eu não *preciso entender* nada, não é mesmo? E mais: você me conhece, e sabe que não dou a mínima para como chama o seu mestre, espírito de estimação ou qualquer outra coisa. Então, se eu fosse você, controlaria essa sua língua.

O garoto prontamente assumiu uma expressão ofendida, mas não retrucou. A ríspida resposta da garota foi muito mais sensata do que a sua explicação desesperada. Ele estava errado e não tinha como negar aquilo.

— Você está certa, Mari — admitiu pela segunda vez. — Me desculpe.

— Algumas vezes eu estou, mas não precisa ficar com essa cara. — Saiu, então, da frente do parceiro e encaixou-se ao seu lado. Sorriu antes de prosseguir: — Admito que na hora fiquei *um pouco* furiosa por você não ter me contado que tinha um demônio dentro do corpo, mas eu me conheço bem e sei que teria me recusado a dar qualquer passo se você tivesse aberto a boca mais cedo. Além disso, eu nunca dei motivos para você me contar algo desse tamanho. Eu sempre fui bastante fechada com você quanto à minha própria história, e acho que não tenho o direito de cobrar o contrário dos outros.

Sem perceber, David estava sorrindo. Ele estava esperando uma reação completamente negativa por parte da parceira, mas isso apenas porque deixou de levar em consideração que ela já não era a mesma.

A agressiva discussão que travaram no quarto círculo, a garota que fugira de forma intempestiva para uma desconhecida floresta quando confrontada, a morta que passava as noites remoendo, sozinha, os seus erros, pareciam retratar versões verdadeiras, porém antigas, de Mari. O garoto, contudo, não percebia que o mesmo podia ser dito dele.

— Fico feliz que você não esteja tão irritada com tudo o que aconteceu — pontuou. — É bom saber que as coisas estão próximas do normal.

— Então, David, quanto a isso, que bom que está satisfeito com algo *próximo* do normal.

O garoto sentiu um calafrio percorrer a espinha. Aquela resposta não soava nem um pouco animadora. Por instantes, imaginou o pior.

— O que quer dizer com isso?

— Pelo que Behemoth me disse, imagino que esse símbolo em suas mãos seja o tal *selo do seu contrato*, e que você apenas o escondesse antes. Mas seus olhos e seus dentes já deveriam ter voltado ao normal, não?

David sentiu o rosto perder um pouco da cor. Encarou as mãos e encontrou, mais uma vez, as finas e bem talhadas marcas negras que um dia aprendera a temer. Tentou fazer com que sumissem, mas não obteve sucesso. Depois, levou os polegares aos caninos e confirmou que estavam ainda maiores do que sempre foram. Adoraria ter um espelho para também analisar os olhos, apesar de saber exatamente o que encontraria: acreditava em Mari e não tinha dúvidas de que agora possuía os olhos de uma besta.

Respirou fundo mais uma vez, procurando calma. Apesar do susto, não demorou a se conformar com aquelas mudanças. Depois de tudo o que havia feito, se o preço que pagaria por desejar a morte de alguém fosse apenas aquele, estava preparado para carregar o fardo. Só era uma pena, porém, que agora não pudesse mais esconder o seu contrato.

— Inesperado, inconveniente, mas não é algo com o qual eu não possa arcar. Na verdade, de tudo o que me disse, só existe uma coisa que realmente me incomoda...

Com aquilo, referia-se aos demônios inocentes que atacara no círculo anterior. Mari comentou que ele havia mudado de alvo assim que

Belzebu desapareceu e começara a atacar qualquer demônio que via pelo caminho. Conhecendo o grande poder de Rahovart, temia que tivesse feito algo de que se arrependeria para sempre: nunca perdoaria a si mesmo caso tivesse matado algum deles.

Contudo, o garoto foi interrompido por um morto de meia-idade, que timidamente puxou Mari por uma das mangas, antes que pudesse começar a pergunta. Mesmo incapaz de compreender o que estava sendo dito, David pôde notar que o morto comentava algo sobre o ser humanoide de tez azulada que havia surgido próximo à saída da cela e que parecia aguardar impacientemente por alguma reação. David não sabia o que estava acontecendo, mas não gostava nada daquilo.

— Não precisa se preocupar — comentou a garota assim que notou o seu olhar. — Faz parte da política deste círculo que um representante de cada cela lute durante as batalhas do dia. Desde que chegamos, eu venho me candidatando para tal.

— Batalhas realizadas por qual motivo?

— Hum. Nunca parei para pensar sobre o assunto, mas, mesmo que tivesse, não teríamos tempo para debater isso agora — comentou, distraída, provavelmente se perguntando onde havia esquecido a sua espada. Não demorou a encontrá-la próxima a David. — Quando voltar, eu prometo que esclareço qualquer outra dúvida que tiver.

Embora aquela resposta não o tivesse satisfeito, ele sabia que não tinha condições de reclamar. Encarando as mãos trêmulas, sabia que nem mesmo se voluntariar no lugar da parceira era algo que poderia fazer.

— Você vai ficar bem?

Por instantes, David imaginou ter visto um esboço de sorriso surgir nos lábios de Mari. Sem pressa, ela caminhou até a espada e apontou-a em direção ao pescoço do garoto. Uma única sobrancelha estava arqueada.

— David, eu faço isso há quase cinco anos. Há três, invicta. Você não precisa se preocupar comigo: eu sei me virar muito bem.

O garoto não tinha contra-argumentos. Enquanto a observava partir, ficou imaginando quanto devia a ela por tudo aquilo. Inconscientemente, deixou escapar um abafado *obrigado*, que por muito tempo acreditou não ter chegado aos ouvidos da parceira.

Capítulo 19

A prisão

Mari demorou pouco mais de uma hora para retornar à cela. Apesar do suor abundante, e de um ou dois cortes nos braços, exibia um largo sorriso quando sumiu por entre os mortos que representava. Com exceção de algumas expressões agradecidas, poucos pareciam verdadeiramente felizes em revê-la.

Após avisá-los de que os suprimentos chegariam ao entardecer, largou a espada em uma das paredes e seguiu em direção ao parceiro. Ele, mais curioso do que incomodado pelas dores que ainda sentia, despejou na garota todas as dúvidas que vinha acumulando. Ela, com um olhar eufórico, não pareceu chateada por respondê-las.

Com calma, contou que todos os mortos do oitavo círculo ficavam encarcerados naquela enorme prisão, sendo divididos, de acordo com as suas características, em dezenas de celas. Duas vezes ao dia, os *glacious* visitavam cada uma daquelas celas e recolhiam um representante para lutar nos duelos diários. O vencedor garantia água e alimento para todos os seus companheiros por um curto período, enquanto o perdedor retornava com as mãos vazias e geralmente incapacitado para a próxima luta.

Um pouco confuso, David novamente questionou o propósito daquela competição. Diferentemente do que ocorria no círculo anterior, nenhum demônio importante se divertia às custas daqueles duelos. Além disso, era um desperdício de energia e de recursos obrigar mortos a lutar por suprimentos: eles não precisavam daquilo para manter sua existência.

Mais uma vez, Mari admitiu desconhecer o real motivo daquela competição, mas garantiu que a entrega de comida era essencial para eles. Por mais que um morto pudesse sobreviver apenas com a transferência de energia de seu mestre, se algumas condições básicas de vida não fossem respeitadas, perdia a vontade própria e tornava-se um ser sem consciência, semelhante a marionetes.

O garoto foi obrigado a admitir que aquilo fazia muito sentido. Rahovart nunca havia comentado sobre o assunto, porém, conhecendo o desprezo do mestre pelo injusto sistema escravocrata do Inferno, não estranhava ter tão pouco conhecimento sobre o tema. Sabendo disso, finalmente conseguiu compreender a postura vívida e agitada dos mortos do sexto círculo, os privilegiados, em contraste com a de todos os outros que encontrara até então. E não apenas isso.

Desde o primeiro momento em que se encontraram, Mari havia sido aquela criatura forte e cabeça-dura. Agora, conhecendo as regras daquele círculo, David não tinha dúvidas de que a garota estava invicta há anos. Seu grau de autoconsciência e sua personalidade marcante eram provas de que há muito tempo não perdia uma só refeição. Infelizmente, isso não podia ser dito sobre o restante dos mortos daquela cela. Com um nó na garganta, perguntou-se quando tinha sido a última vez que haviam ganhado um duelo.

Ao questionar a parceira sobre isso, viu o sorriso dela desaparecer. Ela, levemente letárgica, contou que, antes de chegarem, alguns dos seus novos companheiros não se alimentavam há mais de três meses. Notando a expressão de David, e imaginando as perguntas que passavam por sua cabeça, acrescentou que aquilo era muito mais do que uma má distribuição dos detentos. Segundo a garota, a cela onde estavam se tratava de uma das *salas de teste*, reservadas para os mortos que acabaram de falecer e ainda não haviam sido devidamente avaliados pelos *glacious*. O choque de suas mortes recentes, além da descoberta de estarem no Inferno, era um fator impactante demais para um humano digerir facilmente, o que levava àquela apatia disseminada. Ela ainda garantiu que havia outro motivo por trás daquilo.

— Não é apenas de *orgulhosos* que se faz esse círculo.

David estava pronto para fazer mais perguntas sobre o assunto, mas logo percebeu que não deveria. Mari encarava o chão com um sorriso sem vontade, exibindo uma fisionomia triste que não condizia com sua personalidade. Continuar por aquele caminho só traria à tona dores que ele não sabia se estava preparado para descobrir.

Apesar das prováveis regalias que antes possuía e da sua indiferença por estas terem sido conquistadas à custa do sofrimento de terceiros, a garota fazia parte de um diminuto grupo de mortos que tentavam fugir do Inferno. Pelo que David escutara até o momento, não havia motivos suficiente para que Mari desejasse tanto fugir. Aquele desejo era, talvez, fruto do grande arrependimento do passado sobre o qual ela havia previamente comentado.

Mesmo curioso, não conseguiria mais nenhuma resposta naquela noite. Não demorou para que dois *glacious* surgissem às portas da cela, carregando grandes sacolas de couro. Mari, já de pé, tomou a dianteira do grupo e arrancou os objetos da mão dos demônios. Após conferir tudo o que haviam recebido, analisou e repartiu os suprimentos. David pôde notar que a sua porção era pelo menos cinco vezes maior que a dos outros mortos. Embora tenha protestado contra aquela injusta comodidade, nenhum dos presentes se mostrou disposto a dar ouvidos aos seus lamentos.

Frustrado, seguiu a parceira em silêncio. Ele não havia percebido o quanto estava com fome até começar a devorar as várias porções que recebera. O garoto já estava terminando quando notou Mari distraída, encarando fixamente uma das paredes. Incapaz de seguir a linha de conversa que tiveram antes, aproveitou a situação para tomar coragem e finalmente perguntar sobre o que acontecera com os demônios que havia atacado enquanto esteve fora de si, ainda no coliseu. A dúvida sobre ter ou não matado algum deles o torturava desde que acordara.

Mesmo compreendendo a dor de seu parceiro, Mari não soube como responder àquilo. Comentou que as arquibancadas começaram a se esvaziar muito antes de ele perder o controle, e que a maior parte daqueles demônios era mais resistente do que aparentava. Após minutos de divagações sinceras, ficou claro que ela não tinha nenhuma certeza sobre o que havia acontecido com os habitantes de Ekron, sendo sua única garantia a de que o parceiro machucara muitos deles. Mesmo que nada tenha sido confirmado, David sentiu-se convenientemente aliviado com aquela resposta.

Sorrindo satisfeita, a garota aproveitou a deixa para introduzir outro assunto importante. Em menos de uma hora, com a chegada da Lua, os *glacious* entrariam em estado de vigilância total e não permitiriam qualquer tipo de confabulação. Antes que isso acontecesse, eles precisavam discutir sobre como fugiriam daquele lugar.

Ciente de que o assunto surgiria em algum momento, David assentiu em silêncio. Os dois estavam no oitavo círculo, a apenas um passo de completar aquela longa jornada. Não seria uma prisão, conhecida em detalhes por Mari, que os impediria de prosseguir. A garota, já esperando que o parceiro reagisse com interesse, tomou a liberdade de criar, sozinha, um bom plano de fuga, baseando-se em toda a sua experiência como prisioneira. Mesmo preparada e confiante em seu plano, ela fez questão de reforçar que era mandatório que esperassem mais alguns dias antes de colocá-lo em prática, para que o parceiro se recuperasse completamente.

David não ficou satisfeito com aquela proposta, porém não pôde reclamar. Desde que acordara, sentia que todo o seu corpo tremia um pouco e que, vez ou outra, uma forte dor em choque irradiava de suas costas até os membros, fazendo-o se contorcer. Além disso, as mãos queimavam na região onde o selo estava, e os dedos não paravam de formigar, inquietos. Suspeitava que isso fosse algum efeito colateral por ter passado do limite de energia que o seu corpo humano conseguia suportar, um pequeno preço a pagar, em vista de tudo o que havia feito. Ele mordeu a língua ao cogitar abusar de Mari por mais tempo, mas sabia que seria irresponsável prosseguir de imediato.

A grande questão era a de que David desconfiava que a garota, apesar dos sorrisos esbanjados e das vitórias amistosas, não se sentia feliz por estar ali novamente, revivendo lembranças que, por mais que tentasse esconder, não eram confortáveis. A última coisa que desejava naquele momento, até menos do que apaziguar seu ego, era que Mari sofresse por mais tempo. Pensando nisso, aceitou a proposta da parceira, mas apenas se aguardassem por um único dia.

Mari, com um esboço de sorriso no rosto, não se opôs à vontade do garoto. Pediu-lhe apenas que descansasse o máximo que conseguisse e se preparasse, pois, quando o sol nascesse pela segunda vez, estariam fora daquele lugar. Esgotado por tudo o que havia acontecido, ele não teve forças para contrariar o pedido.

O dia seguinte passou depressa. David acordou apenas depois que Mari retornou do seu primeiro duelo, vitoriosa. Admirou-se com o quanto se sentia melhor em comparação com o dia anterior. As dores do corpo haviam diminuído consideravelmente, e os tremores passaram a se concentrar apenas nas extremidades. Após o desjejum, perdeu um bom tempo dividido entre conversar com a parceira sobre banalidades, ficar entediado brincando com pedaços de gelo ou tentar travar, em vão, uma conversa maior do que dez palavras com alguns dos companheiros de cela. Depois do segundo duelo, isolou-se em um dos cantos, em silêncio, mas não conseguiu dormir.

Além de estar saturado de passar o dia inteiro sem fazer nada, desde o final da tarde voltou a sentir incômodas pontadas nas costas. Acima disso, a leve euforia por estar tão próximo do momento em que resumiria a sua jornada não apaziguava sua ansiedade. Em certo ponto da noite, após desistir de tentar pegar no sono, descobriu que não era o único que estava com dificuldades para adormecer. Mari, como se estivesse sufocada, levantou-se subitamente, e correu, com a espada nas mãos, em direção a uma das paredes da cela. Sua expressão mostrava uma mescla de terror e raiva.

Mesmo preocupado, David se perguntou se deveria se intrometer nos problemas da parceira. Virou-se de lado e fingiu que estava dormindo, mas não aguentou por muito tempo. Colocou-se de pé rapidamente e, antes que Mari pudesse protestar, aproximou-se.

— Se importa de me contar o que está te incomodando?

A garota o encarou de soslaio, com os dentes quase cerrados. Tentou virar o rosto para a outra direção, mas não conseguiu esconder que os olhos estavam vazios.

— Me importo, sim, David. Quero ficar sozinha. Claro que apenas se você, *oh mestre,* me permitir — respondeu com rispidez. O garoto, porém, não desistiu da abordagem. Com calma, sentou-se ao lado dela antes de prosseguir.

— Eu aposto que tem a ver com este lugar. Ele não deve te trazer boas lembranças.

— Você não desiste, né? — bufou, com um sorriso descrente. — E também não tem a mínima ideia do quanto está errado. Este lugar não é tão ruim quanto parece. O que me incomoda mesmo foi o que aconteceu antes daqui.

— Quando ainda estava viva?

A garota não respondeu de imediato. Abaixou a cabeça e brincou sem jeito com os pés. Ela demorou algum tempo para esboçar qualquer reação.

— Eu te contei uma vez que me arrependi de ter morrido. Voltar para esta cela me faz lembrar os meus últimos dias viva, e me faz remoer lembranças que pensei ter deixado para trás, desde que surgi na sala de Mamon. Lembranças que, depois de tudo que aconteceu nos últimos dias, imaginei poder encarar sem sentir esse aperto dolorido no peito. Estava, mais uma vez, errada.

David demorou algum tempo para perceber que deveria dizer algo. Desde que tivera aquela conversa unilateral com Behemoth, quando desembarcou em Jerusalém, essa era a primeira vez que não sabia ao certo o que dizer. Consolar a parceira, que finalmente parecia disposta a se abrir, era uma responsabilidade grande demais para assumir levianamente. Por sorte, o silêncio pareceu ser uma resposta muito melhor do que qualquer frase que pudesse formular.

    Permaneceram, então, ombro a ombro, por um bom tempo, aproveitando a doce e harmônica energia que emanava daqueles que ali descansavam. Não demorou muito para que finalmente sentissem o acalento do sono que até há pouco ansiavam. David imaginou ter prometido que a protegeria a qualquer custo. Mari, que havia pedido que ele fosse forte. Nenhum dos dois, porém, ouviu o que o outro tinha a dizer. Eles apenas dormiram, em paz.

Capítulo 20

A estrela

Enquanto os primeiros raios de Sol surgiam no horizonte, Mari e David caminhavam por extensos túneis de neve, que terminavam a poucos metros da prisão de gelo. Quando a garota disse que já tinha um plano de fuga em mente, ele nunca imaginou que todas as celas fossem interligadas por uma enorme rede de túneis, construída pelos próprios mortos para ser utilizada em fúteis tentativas de fuga. Enquanto caminhavam, Mari, notando a expressão de descrença de seu parceiro, comentou que fugir da prisão era relativamente fácil, considerando a baixa capacidade intelectual dos *glacious*, mas que chegar ao portal para o sétimo círculo era algo quase impossível.

Essa, porém, era uma boa notícia para eles. Com um grande número de demônios protegendo o percurso entre a prisão e o portal que já haviam atravessado, o caminho até o castelo de Lúcifer, um dos príncipes que mais estimava a própria privacidade, estaria livre. Se tudo ocorresse como imaginavam, os dois chegariam ao príncipe sem grandes problemas.

Com dificuldade, David afastou uma enorme quantidade de neve da saída. Sem conseguir enxergar nada em meio à nevasca que assolava aquele círculo, pediu que Mari assumisse o seu lugar. Ela, antiga veterana daquele tipo de terreno, garantiu que o caminho estava limpo e pediu que ele a seguisse.

Ele engoliu em seco ao ver a garota desaparecer diante de seus olhos. Brasileiro de alma, era um amante do calor e um estranho àquela temperatura negativa. Para piorar a situação, não acreditava que estivesse devidamente trajado para a situação. Se não fosse pela estranha inquietação que sentia, e pela certeza de que a parceira o abandonaria caso não a alcançasse logo, ele não teria saído de onde estava.

Assim que se reencontraram, os dois seguiram com cautela. Mari caminhava a passos certeiros em direção ao nada, sempre com uma das mãos sob o cabo da espada. David, grudado à garota, dividia a atenção entre observar a gélida, porém incrível, paisagem que os cercava e encontrar pontos de referência em meio a tanta neve. Não demorou para finalmente se deparar com algo digno de nota.

No alto de um pequeno vale, moldado do mais puro e límpido gelo, encontrava-se um castelo amorfo. Dotado de um formato descontinuado, quase abstrato em alguns trechos, e de curvas que guiavam, intencionalmente, os poucos raios solares que conseguiam atravessar a densa tempestade de neve por uma palheta de diferentes cores, a construção era, sem dúvida, um dos ícones arquitetônicos mais lindos com que David já se deparara.

Mari precisou puxá-lo pela orelha para que voltasse a andar. Camuflados em meio à neve, dois *glacious* guardavam o caminho para a colina e por pouco não viram os garotos. Escondidos como podiam, eles discutiram aos sussurros sobre como passariam pelos guardas. Segundo a garota, caso fossem vistos por sequer um daqueles demônios, todos os outros seriam alertados e partiriam atrás deles.

Pela primeira vez desde que acordara, David sentiu falta de suas velhas companheiras. Impotente, sugeriu que dessem a volta pela colina, mas sua parceira não aceitou a ideia. Comentou que a única entrada era perto de onde estavam e que, se os *glacious* se recusassem a partir, precisariam se livrar deles de alguma forma.

Por sorte, os demônios não permaneceram parados por muito tempo. Assim que ambos se perderam em meio à nevasca, os garotos correram colina acima, aproximando-se com cautela da entrada do castelo. David, após fechar os olhos, certificando-se de que nada de surpreendente os aguardaria no saguão à frente, abriu as portas com um enorme ranger.

Assim que colocou os pés na construção, foi invadido por uma estranha nostalgia. Embora as situações fossem completamente diferentes, quase opostas, o que via o fez relembrar a primeira sensação que teve ao entrar nos domínios de Mamon. Os dois estavam diante de um grande saguão, moldado com diferentes tonalidades e texturas de gelo. Todos os móveis, lustres, escadas e paredes, envoltos por traços de contemporaneidade, formavam um frio arco-íris sem vida, que contrastava com espectros de uma aurora boreal verde que dançavam de modo hipnotizante no chão do palácio, seguindo os garotos para onde quer que olhassem. David, encarando o ambiente de queixo caído, teria perdido um bom tempo ali, admirando o que pudesse, caso Mari não o tivesse puxado pela gola da camiseta em direção à maior saída do recinto.

Atravessando o arco violeta que a distinguia, entraram em mais um saguão, muito maior do que o anterior. Entre várias esculturas de gelo e uma série de pilastras coloridas, identificaram um trono no final do caminho. Sentado nele, envolto em uma energia que David só sentira ao se deparar com Satanás, estava Lúcifer, o último príncipe a ser conhecido.

De todos os demônios humanoides que haviam encontrado até então, ele com certeza era o mais bonito. De porte mediano, possuía uma delicada tez pálida, cabelos prateados que cintilavam segundo a luz do ambiente, um intrigante par de olhos azul-celeste e um ar de superioridade intrínseco, que acompanhava cada simples movimento que realizava.

Conhecido pelo pecado do orgulho, tratava-se de uma das criaturas mais comentadas de toda a literatura humana. Antigo querubim, fiel anjo de Deus, ficara conhecido por comandar o lado perdedor na única guerra dos Céus, marcada pela Grande Queda dos anjos e pelo surgimento do termo "demônio" como o conhecemos nos dias de hoje. Segundo Rahovart, a figura que estava à sua frente se tratava apenas de um pedaço daquele grande anjo. David nunca entendeu muito bem aquilo, e seu mestre, impaciente, sempre se recusou a desenvolver o assunto.

O príncipe, com uma das mãos levada ao queixo, acompanhou com atenção a caminhada dos garotos até perto do seu trono. David engoliu em seco quando seus olhares se cruzaram: aqueles olhos penetrantes não se comparavam aos de nenhum ser que já tivesse derrotado.

— Lúcifer — começou de forma educada. — Peço que perdoe a nossa intromissão.

O demônio não respondeu de imediato. Encarava David com bastante intensidade, analisando cada parte dele, como se não pudesse acreditar no que via. Vez ou outra sua atenção se desviava para Mari, que se encontrava discretamente recuada ao lado do parceiro, de braços cruzados. Ela tentava esconder uma expressão de incômodo no rosto.

— Não é nenhuma intromissão — respondeu enfim. Sua voz, eloquente e distante, possuía uma espécie de doçura que não combinava com sua figura. — Eu estava me perguntando quando apareceria por aqui. E te parabenizo por ter conseguido.

— Agradeço por suas palavras — respondeu o garoto, um pouco sem jeito.

— Apenas não acredito que tenham permitido que chegasse nesse estado.

Como já era esperado, o demônio fazia referência ao seu evidente contrato e a todas as visíveis transformações que havia passado por causa dele. Segundo as regras do desafio, era estritamente proibido que um contratante permanecesse no jogo. Mesmo ciente disso, David tentaria se manter no tabuleiro de qualquer forma. Nem que isso lhe custasse o restante de sua alma.

— Essa é uma longa história.

— Não tenho dúvida de que seja. A energia de Rahovart está impregnada em seu corpo de forma irreversível. Acredito que ele tenha te ensinado todos os truques possíveis para nos enganar. Estou errado?

— Não, não está — admitiu David, com um esboço de sorriso no rosto. — Mas garanto que tudo isso foi necessário.

— Você não precisa se explicar. Na verdade, diferente de Satanás e de mais da metade do Inferno, eu não me preocupo tanto com a existência de mais um demônio no mundo. Afinal, existem problemas mais perigosos do que esse a serem abordados com urgência, como a tendência à destruição tão comum entre os humanos. Além disso, há outras coisas aqui que merecem mais a nossa atenção do que questões tão triviais quanto o seu contrato.

O príncipe, então, levantou-se de seu trono. Com suavidade, caminhou com as mãos nas costas em direção aos garotos, como se deslizasse. Sem nenhum movimento a mais do que o necessário, rodeou-os uma única vez, antes de parar ao lado de Mari. Trazia um sorriso contido no rosto quando os seus olhares se cruzaram.

— Essa humana, por exemplo — continuou —, é um espécime muito mais interessante do que o seu estado atual, meu caro.

David sentiu um calafrio percorrer seu corpo. Perguntou-se, por instantes, se deveria pular em cima do demônio e afastá-lo o mais rápido possível de Mari, porém se conteve ao notar que a garota levantara uma das mãos, pedindo que se acalmasse. Ele não havia reparado, mas a parceira possuía uma improvável mistura de serenidade e medo no rosto. Embora não estivesse satisfeito com a situação, confiaria no julgamento de Mari, limitando sua indignação a um simples olhar endurecido.

— Afaste-se dela, Lúcifer. E explique-se.

— Como desejar. Mas antes me responda, David: nunca passou pela sua cabeça por que uma morta surgiu, sem qualquer tipo de explicação plausível, convenientemente no meio do seu caminho, durante a sua grande jornada? Praticamente sem informações sobre como foi parar lá?

— Inúmeras vezes — admitiu honestamente. Ele mesmo já havia abordado a parceira uma ou duas vezes sobre o assunto. — Mas nunca tive uma resposta.

— Isso porque a resposta para essa pergunta não cabe aos desafiantes, pelo menos não até essa altura do campeonato. Faz parte de uma das regras não oficiais do desafio que dois humanos caminhem juntos pelo Inferno, por intermédio de um terceiro ser, e que pelo menos um deles aprenda sua lição. Para esse fim, eu sempre fui responsável por escolher um morto capaz de fazer companhia aos desafiantes que se mostrassem aptos à tarefa.

David arqueou uma das sobrancelhas com vontade. Não podia negar que estava gostando do rumo que aquela conversa estava tomando. Ainda não havia entendido quais eram os motivos para o príncipe estar sendo tão prestativo, explicando-lhe coisas que sempre quisera saber, mas pretendia tirar proveito da situação. Ao encarar Mari de relance, não teve dúvidas de que tinha interesse no que poderia descobrir.

— E de que tipo de lição estamos falando, exatamente?

Com isso, o príncipe voltou a caminhar em torno dos garotos. Após uma única volta, parou atrás de Mari e colocou uma das mãos sobre seus ombros. A garota, inconscientemente, pressionou o cabo da espada, mas estava perturbada demais para assustar o demônio. David, mais uma vez, estranhou o seu comportamento.

— A julgar pela reação dele, acredito que você ainda não tenha contado.

— Se está falando sobre como eu morri, ainda não tive a oportunidade — comentou, com a voz levemente trêmula. Respirou fundo antes de prosseguir: — E, a julgar pelo modo como está me rodeando, acredito que não vamos sair daqui sem que isso seja colocado sobre a mesa.

Apesar do sarcasmo, David pôde perceber que o nó em sua garganta ainda não havia sumido e que, seja lá o que fosse contar, reabriria uma enorme ferida em seu coração. Não pediu, porém, que ela parasse em momento algum. Embora Lúcifer não deixasse dúvidas de que o garoto precisava ouvir aquilo, ele não a estava obrigando a nada: aquela era uma escolha apenas dela.

— Primeiro, eu te devo algumas desculpas, David — começou. — Você não é fraco, pelo menos não da forma como eu repetidamente anunciava quando nos conhecemos. Por outro lado, não posso dizer o mesmo sobre mim. Não no passado.

— Mari...

— Eu estava falando sério quando disse que não é só de orgulhosos que se faz o oitavo círculo — prosseguiu. — Existe aqui um grande número de mortos que, assim como eu, formam a mais desprezível e fraca das castas de humanos que habitam o Inferno, e a mais odiada e menosprezada pelos demônios: os suicidas.

Por instantes, o garoto imaginou não ter escutado bem aquelas últimas palavras. Após finalmente aceitar o que ouvira, sentiu o chão sumir sob seus pés. Conhecia muito bem Mari e, apesar de uma ou duas conversas em que ela comentara sobre as duras circunstâncias de sua morte, sabia que a garota não se encaixava no perfil de um suicida. Mesmo surpreso, não permitiu que aquele sentimento se estendesse por muito tempo.

— Mas como...?

— ... alguém tão cabeça-dura e orgulhoso pode, um dia, ter se matado? Vai ter que acreditar em mim quando digo que esse tipo de coisa é ainda mais complicado do que imagina — zombou, sorrindo. — Isso sem contar que eu mudei muito desde que entrei aqui no Inferno; no geral para pior, assim como mudei muito nessas últimas duas semanas. E, por mais clichê que pareça, eu acredito que é apenas o momento presente que importa de verdade.

David concordou com a cabeça, sorrindo junto sem perceber. Como virara costume, voltou a se lembrar da garota que há apenas uma semana havia aceitado o seu contrato, apesar do ódio cego que nutria pelos demônios, e salvado sua vida. Sentiu-se um pouco mal por ter se mostrado tão chocado diante de algo tão banal quanto os motivos de sua morte.

— Os clichês existem por algum motivo, Mari. Você tem razão. É apenas o você de agora que interessa. Me desculpe por ter ficado tão surpreso com o que disse — comentou, coçando a cabeça. — Acho que agora só resta mais uma questão: saber o porquê de você, Lúcifer, ter julgado tão fundamental que isso fosse exposto dessa forma.

O príncipe, que voltara para perto de seu trono desde que incitara o assunto, esbanjava um meio sorriso satisfeito no rosto. David, com uma expressão séria, se perguntava o que aquele comportamento significava. E o que o demônio estava tramando.

— Eu deixei bem claro desde o início, tanto como demônio quanto como príncipe deste círculo, sobre o tamanho do meu interesse em pessoas como a nossa querida morta — começou. — Como responsável por escolhê-la, seria desrespeitoso da minha parte permitir que você, David, prosseguisse sem ter em mente o tipo de pessoa que está defendendo. E que você, Mari, passasse por mim sem que eu avaliasse a sua atual situação. Além disso, testar a relação de vocês estava em meus planos desde o início. Posso dizer que fiquei impressionado com o resultado: vocês formam uma dupla formidável.

Os dois humanos se entreolharam, confusos. Antes que o garoto pudesse rebater as palavras do príncipe, este prosseguiu com uma das mãos levantadas:

— Antes que me interrompa, seria imprudente da minha parte não dar o meu parecer sobre a discussão que tiveram. Mari, eu sinceramente não acredito que os suicidas sejam pessoas fracas. Por toda a experiência que tenho sobre o assunto, acredito piamente que não exista uma característica constitucional inerente e comum a vocês, mas sim uma construção social forjada em destruição, solidão e, acima de tudo, falta de perspectiva. Gosto de considerar que vocês estavam travando uma briga insensata por muito tempo na Terra antes de virem para cá. Uma briga que nunca venceriam sem o devido auxílio, que muitas vezes não existe. Vocês são, de todos aqueles que são enviados ao Inferno, talvez os que mais mereçam uma segunda chance.

David estava de queixo caído. Mari, um pouco surpresa, sentiu as bochechas queimarem. Nenhum dos dois conseguia acreditar que tivessem ouvido palavras tão reconfortantes vindas de um demônio como Lúcifer, famoso entre os humanos por sua característica maldade e seu orgulho. O garoto, porém, lembrando-se de antigos diálogos com o mestre, recordava-se de ter ouvido algo sobre o demônio ser estranhamente parecido com Asmodeus, apesar de sua conhecida preferência pela reclusão social.

— Eu não esperava por uma atitude assim vinda de um príncipe — comentou sem perceber.

— Bom, eu era um anjo antes de me tornar uma simples casca. E garanto que, mesmo naquela época, não iniciei uma guerra nos Céus apenas por ser ruim, como dizem as histórias dos vitoriosos.

— Eu acredito em você. E estou curioso para saber o que ainda reserva para nós.

— Não ficará por muito tempo. Acredito que já perdemos tempo suficiente por aqui — disse, levando uma das mãos novamente ao queixo. — Peço que me sigam, por favor.

Capítulo 21

O duelo

Os garotos acompanharam Lúcifer por uma longa escadaria de pedra, que começava no final do saguão onde antes estavam. O novo ambiente era iluminado, em toda a sua extensão, por incontáveis tochas de fogo azul, que garantiam um toque agradável e, diferentemente de todo aquele círculo congelado, quente. David, amante declarado do calor, sentiu-se aliviado pela primeira vez desde que despertara de seu coma.

Lúcifer permaneceu em silêncio por todo o percurso. O demônio possuía uma estranha elegância, fruto de sua postura intransigível e do planejamento de cada um de seus passos, como se sempre dispensasse qualquer movimento desnecessário. Uma intimidadora aura revestia continuamente o seu corpo, obrigando até mesmo o desafiante a manter o silêncio em sua presença.

Após poucos minutos de descida vertiginosa, o grupo alcançou o último degrau, desembocando em uma bifurcação assimétrica. David pôde perceber que o maior dos corredores levava a uma grande porta de metal vermelha, iluminada em suas laterais por uma conhecida luz azulada. Já o outro corredor se perdia além do que a visão dele conseguia enxergar. O príncipe passou algum tempo encarando a bifurcação antes de prosseguir, com um visível ar de dúvida.

— Eu estava planejando um duelo entre nós dois — começou enfim —, mas vejo que não carrega nenhuma arma consigo.

— Eu acabei perdendo as minhas adagas no círculo anterior — comentou, com um enorme pesar no peito.

— Adagas? Uma escolha impressionantemente interessante. Não são bem as lâminas com que tenho familiaridade, mas acredito que possamos encontrar algo do seu agrado.

Pediu, então, que Mari se dirigisse à suposta sala do portal, enquanto acompanharia o garoto pela outra saída. Os dois rapidamente se perderam na escuridão do novo corredor, alcançando, após poucos segundos de caminhada, uma porta de carvalho talhada com perfeição. Encorajado por Lúcifer, o garoto girou a maçaneta e adentrou, fascinado, no novo ambiente.

Tratava-se de um espaço relativamente pequeno, de paredes revestidas por uma cerâmica branca asséptica e mobiliado com dezenas de estantes de madeira, adornadas com inscrições em ouro e redomas de vidro distribuídas de maneira minuciosa. Preenchendo as prateleiras, havia centenas das mais diferentes lâminas, de todas as cores e formas, idades e nacionalidades. O arsenal era tão grande e diversificado que David teve problemas em decidir onde deveria pousar os olhos. Para piorar, a energia emanada por aquele lugar, uma mistura improvável de diferentes artistas, não deixava dúvidas sobre o quanto aquele acervo era especial.

— Como contratante, acredito que consiga apreciar a verdadeira beleza desta sala — disse Lúcifer. De braços cruzados, encarava a própria coleção com olhos orgulhosos.

— São espadas amaldiçoadas — comentou, sem desviar a atenção das prateleiras. — Isso é incrível!

— Foi um ótimo palpite, mas nem todas são amaldiçoadas. Algumas são *simples* lâminas, que ficaram famosas por grandes derramamentos de sangue. Outras, como a minha querida *Masamune* — apontou, então, para uma gigantesca e esbelta espada japonesa, exposta em uma das paredes; David, no mesmo instante, lembrou-se de *Sephiroth*, e os seus olhos brilharam —, estão aqui apenas pela longa linhagem de reconhecimento.

O garoto ouviu a explicação encantado. Assim como os artigos bélicos encontrados no coliseu, aquelas lâminas eram itens irresistíveis para alguém como ele, entusiasta e amante de uma boa disputa sangrenta. Mesmo que não soubesse lutar com nada além de facas e adagas, reconhecia a beleza de uma boa espada, e adorava a ideia de aquelas serem tão famosas e poderosas. Lúcifer vestiu uma expressão satisfeita quando se convenceu de que aquele amor era verdadeiro.

— Como eu disse, estamos aqui para escolher algo para você — recomeçou. — Esta é uma oportunidade única, então não escolha levianamente. Te emprestarei qualquer uma delas, mas adianto que nem todas foram forjadas para o seu estilo.

David, levemente descrente, acenou com a cabeça. O conselho do príncipe era sensato. Apesar da gentileza que estava recebendo, e das palavras reconfortantes que ouvira no saguão do castelo, continuava sendo um desafiante e não conseguiria passar por um demônio do calibre de Lúcifer sem uma arma pelo menos tão confiável quanto as velhas companheiras. Com calma, passou os olhos por toda a coleção à sua frente, preso a detalhes que pouca diferença fariam em uma luta. Depois, fechou os olhos e tateou com a mão grande parte das espadas, tentando captar algo em suas intimidades que lhe chamasse a atenção. Não demorou a encontrar uma energia reconfortante, e estranhamente nostálgica.

Quando voltou a abrir os olhos, percebeu que estava diante de uma espada negra como a noite. Tanto a bainha quanto a empunhadura possuíam uma série de detalhes dourados, e uma única estrela de Davi, também dourada, marcava o começo de sua lâmina. Sem perceber, o garoto já havia agarrado a arma. Assustou-se com a forma como o cabo se encaixou em suas mãos. Lúcifer, afastado, assistiu à cena com um olhar sério.

— Vejo que tem bom gosto — comentou, levemente desconcertado. — Oitenta e oito centímetros de lâmina, esculpida a partir da mais pura pedra demoníaca e entalhada com detalhes em ouro celestial, formando desenhos nunca vistos em outra arma do gênero. *Gladio Salomonis*, ou *Espada de Salomão*, para os leigos em latim. Uma das peças mais cobiçadas pelos demônios.

 David não rebateu de imediato aquelas palavras. Brincou mais um pouco com a espada antes de se convencer de que a arma era realmente incrível. Só então decidiu iniciar o costumeiro questionário.

— Por que ela é tão cobiçada?

— Criada pelo próprio rei Salomão, ela é uma peça única e poderosa, que possui capacidades ainda desconhecidas por nós, muitas delas relacionadas ao ocultismo. Boa parte desse mistério se deve ao fato de ela ser feita inteiramente de pedra demoníaca, uma forja relativamente simples, porém quase impossível de ficar perfeita. Isso faz com que ela tenda a ser um pouco *seletiva*.

— Explique-se melhor.

— Me explicaria, mas acredito que não vou precisar. Vamos lá, tente ver com seus próprios olhos. Direcione um pouco dessa energia de Rahovart para a espada, e vejamos se algo de interessante acontece.

 Sem entender muito bem o que o demônio tentara dizer, David resolveu atender ao seu pedido. Fechou os olhos novamente e concentrou uma pequena porção de energia na mão que segurava o cabo, torcendo para que o resultado fosse diferente do que acontecera no sexto círculo. Para sua surpresa, a espada mudou lentamente de forma, moldando-se sutilmente às suas mãos, com um encaixe ainda mais perfeito que o de antes, como se tivesse sido feita especialmente para ele. Lúcifer, incrédulo, já não sabia qual expressão deveria usar.

— Pedras demoníacas tendem a se moldar de acordo com a vontade do usuário, mas as amostras mais puras não costumam responder bem a qualquer tipo de energia. Para sua sorte, eu diria que você não vai ter problemas quanto a isso.

 David concordou com a cabeça. Lembrava-se apenas agora de que já havia escutado aquilo de seu mestre. Em seguida, elevou a lâmina acima da cabeça e perdeu algum tempo admirando-a, apaixonado. *Espada de Salomão*: um ótimo prêmio, depois de tudo o que havia passado.

— Escolhida a arma, acredito que finalmente possamos partir para o que interessa — prosseguiu Lúcifer. — Peço que me siga novamente.

» » »

David acompanhou o príncipe até o salão onde Mari estava. Meio bobo com a relíquia que trazia nas mãos, quase não reparou no interessante recinto em que haviam adentrado. Sob a supervisão de uma dezena de chamas azuis e da hipnotizante luz do já conhecido portal, haviam chegado a uma espécie de ginásio improvisado, formado por um único tatame de esgrima negro e duas pequenas arquibancadas. Mesmo que ainda estivessem dentro de uma caverna, o local passava a sensação de um verdadeiro ginásio esportivo. Conhecendo a paixão do príncipe por espadas, ele não tinha dúvidas sobre o que fariam ali.

Mari estava de braços cruzados, sentada impaciente em um dos cantos. Assim que notou a aproximação do parceiro, seus olhos desceram, inconscientemente, até a espada recém-conquistada. Após inúmeras perguntas e meia dúzia de olhares desconfiados, garantiu que seria de grande importância que ele a deixasse brincar com aquela maravilha. Sorrindo, David concordou com a proposta, mas não naquele momento. Por ora, só se desfaria da lâmina quando terminasse com Lúcifer.

O demônio ouvira a conversa dos dois de uma das pontas do tatame, com uma expressão pacífica no rosto. Aguardou pacientemente que David subisse na borda contrária antes de, calmamente, enunciar suas regras.

— Como já deve ter desconfiado, vamos resolver isso como bons *cavalheiros*, com espadas em mãos. Embora os duelos aqui no Inferno não variem muito em relação aos que vocês, humanos, travam na superfície, acredito que a nossa situação mereça algumas condições especiais. Faremos, então, o seguinte: se você morrer, a vitória é minha; se você *porventura* conseguir acertar um único golpe, poderá prosseguir para o próximo círculo.

— Espere. Está me dizendo que eu preciso acertar um único golpe para prosseguir? Isso não me parece nem um pouco justo.

— Garoto, não é nada pessoal, mas a única vez que perdi um duelo de espadas foi contra Miguel, que é considerado, desde os tempos antigos, o maior guerreiro entre os anjos. E na época eu ainda possuía grande parte dos meus sentimentos para me distrair. Garanto que o simples fato de estarmos com espadas em mãos faz com que todas as vantagens sejam minhas.

Envergonhado por seu comentário, e assustado com a prepotência do príncipe, David concordou em silêncio. Desajeitado, preparou-se para o duelo retirando a espada de Salomão da bainha, apontando-a, sem jeito, na direção do adversário, da forma que imaginou ser correta. Bastou sentir o peso da nova arma uma única vez para perceber que nunca havia lutado com algo maior do que as suas adagas.

Lúcifer, ciente do despreparo do desafiante, estalou os dedos tranquilamente. Com elegância, descreveu um semicírculo no ar, e fez surgir à sua frente uma linda catana prateada, quase tão grande quanto *Masamune*.

— Eu tenho um carinho especial pelas gigantes japonesas — comentou, com um sorriso debochado. — Ainda mais as que *precisam* ser alimentadas com sangue.

David respondeu à provocação com um largo sorriso. Livre do encanto da espada, sentia mais uma vez o sangue ferver dentro de si, algo reconfortante. Após o amargo desfecho da luta contra Behemoth, chegou a se perguntar se algum dia voltaria a sentir ânimo por estar diante de uma batalha impossível. A poderosa aura que revestia Lúcifer, apesar do seu temperamento pacífico, ajudava a dissipar qualquer dúvida que tivesse quanto àquela questão: perdendo ou não, estava ansioso por aquele duelo.

Apertou, então, a empunhadura nas mãos. Como de costume, perdeu alguns segundos analisando o adversário. Desconhecia o estilo de luta de Lúcifer, e se assustou ao perceber que não podia dizer nada sobre como se comportaria com base em sua postura. Felizmente, prosseguia acreditando que tinha vantagem naquele duelo e que poderia abusar da velocidade para acertar um mísero golpe. Com isso em mente, jogou uma boa quantidade da energia de Rahovart nas pernas e mergulhou, confiante, para o primeiro ataque. Quando estava próximo do príncipe, porém, foi surpreendido por uma súbita movimentação lateral, e por um objeto duro batendo contra a nuca.

Meio tonto, voltou a si apenas quando estava no chão, com a espada a poucos metros de seu corpo. Lúcifer o aguardava do outro lado do tatame, com ares de deboche no rosto. Ele não precisou tecer nenhum comentário maldoso.

Mesmo impressionado, David fez questão de se levantar rapidamente, com a espada novamente em mãos. Pela primeira vez em muitos anos havia encontrado alguém capaz de competir com a sua velocidade, o que não era um bom sinal.

Sem perder tempo, partiu novamente em direção ao demônio, dessa vez com um pouco mais de cautela. Mesmo observando o adversário com atenção, assistiu, impotente, enquanto Lúcifer desviava elegantemente de três investidas, e foi incapaz de impedi-lo de, com facilidade, movimentar a grande catana e marcar a sua bochecha com um grande xis. Ao se afastar, levou as mãos ao ardido corte, surpreendendo-se ao notar que nem uma gota de sangue saía do ferimento.

— Apresento a você *Muramasa*, meu caro, a espada que se *alimenta* de sangue — comentou Lúcifer, sério, ao notar o terror nos olhos do garoto.

David encarou o príncipe perplexo. Havia cometido um erro terrível imaginando que as palavras do adversário eram meras provocações, e que realmente tinha alguma vantagem naquela disputa. Não eram apenas a velocidade e o poder do demônio que o ofuscavam, mas também sua técnica perfeita, para não dizer algo a mais.

Ele respirou fundo, afastando da mente aqueles pensamentos incômodos. Acumulou uma boa dose de energia em seu ferimento e sentiu o corte desaparecer por completo. Sentiu uma leve dormência nas mãos e uma forte pontada nas costas ao fazê-lo, mas não se importou. Estava novamente posicionado em seu lado do tatame, pronto para uma nova investida. Teria mergulhado em direção ao demônio se não tivesse sido agarrado pelos braços.

— Tempo! — gritou Mari enquanto arrastava o parceiro, confuso, do tatame para o banco onde antes estava. Lúcifer, dando de ombros, pareceu não se importar com a intromissão.

— O que você está fazendo, Mari?

— Salvando a sua vida — chiou. — Se realmente quiser ganhar essa luta, aconselho que se sente e me escute pianinho.

Mesmo odiando aquele tom de sermão, David achava que precisava daquilo. Apesar de breve, aquele começo de luta havia sido um dos piores que já tivera, e ele não tinha ideia do que poderia fazer para crescer no duelo. A contragosto, obedeceu a garota.

— Sou todo ouvidos.

— David, nesses últimos dias eu tive a oportunidade de te ver lutar mais de uma vez, uma delas contra um brutamonte cinco vezes maior do que você. Sei que gosta de usar a velocidade a seu favor e que sempre luta limpo, apesar do seu estilo sorrateiro. Admiro o que faz, mas preciso te lembrar que nem todas as lutas podem ser ganhas dessa forma. Não contra alguém tão rápido e preciso quanto Lúcifer. Não sem as suas adagas.

O garoto sentiu as bochechas queimarem um pouco. Mari estava coberta de razão. Ao contrário do que pensava, não era só a diferença em técnica e velocidade que estava diminuindo a sua performance, mas também a inabilidade de se adaptar ao campo de batalha. Se continuasse lutando daquela forma, morreria a apenas um passo de completar o desafio. Uma vergonha enorme para alguém que havia chegado tão longe.

— Você está certa — admitiu. — Alguma sugestão de como prosseguir?

— Sim. Pare de depender apenas da sua velocidade. Pare de se segurar e use todas as cartas que sabemos que tem em mãos. E pare de fazer essa linda espada passar vergonha: ela não é uma maldita *faca de cozinha*.

— Acho que isso é o bastante — interrompeu-a, com uma das mãos levantada e um sorriso torto no rosto. Perguntou-se, em silêncio, se poderia ter encontrado uma parceira melhor. — Obrigado, Mari.

Com um sorriso dócil e um grito de encorajamento, a garota empurrou David de volta ao tatame. Após se reposicionar, e desculpar-se pela súbita pausa, ele perdeu alguns instantes refletindo sobre as palavras da parceira e sobre como poderia usar tudo o que tinha a seu favor. Foi incapaz de chegar a uma ideia brilhante, mas sabia que, conhecendo o seu estado atual e a quantidade de energia que agora podia roubar de Rahovart, tinha condições de pelo menos pressionar o seu adversário.

Lúcifer era um demônio poderoso, além de um espadachim de grande técnica, mas possuía uma clara defasagem física. Pela sua resposta às duas últimas investidas, ele era, no mínimo, um especialista em contra-ataques, o que tornava interessante uma mudança de atitude por parte de David, que deveria lutar na defensiva. Fora isso, mesmo que desmaiasse de dor, abusaria de seu corpo, distribuindo toda a energia disponível igualmente por todo o seu ser. Até mesmo a espada de Salomão, uma condutora de energia ainda melhor do que as suas adagas, estaria revestida por uma fina aura negra, perfeita para repelir a lâmina amaldiçoada do demônio. Para finalizar, levou as duas mãos ao cabo da espada e tentou imitar, da forma mais fiel possível, a postura que Mari assumia ao lutar.

O príncipe assumiu uma expressão satisfeita ao notar que o desafiante não apenas estava mais parecido com um espadachim, como também havia finalmente se situado em batalha: ele não voltaria a cometer o erro de atacá-lo. Com calma, dobrou os joelhos e segurou a lâmina da catana com uma das mãos. Encarando David intensamente, mergulhou em sua direção com uma agilidade impressionante. Este, felizmente, conseguiu repelir dois ataques diretos, mas foi atingido na lateral ao arriscar um contra-ataque. Apesar de superficial, havia sofrido um grande corte.

Mesmo sentindo-se subitamente fraco, David fez questão de voltar o mais rápido que conseguiu à sua posição. Cicatrizou o novo ferimento, e aguardou com paciência pela próxima investida do demônio. Animados, os dois iniciaram uma dança de espadas que se repetiu por mais nove vezes. Embora nenhum dos ataques do garoto tenha acertado o alvo, era inegável que desempenhava cada vez melhor o seu papel, e que a cada golpe ficava mais entrosado com a nova arma. Mesmo assim, a diferença de habilidades continuava gigantesca.

— Você está melhorando — comentou Lúcifer em certo momento. — Mas, mesmo com Rahovart e Salomão ao seu lado, a sua situação continua péssima.

O príncipe estava certo. Apesar de todas as alterações que havia feito, e do melhor entrosamento com a espada, a forma como duelava ainda estava aquém do necessário. Se quisesse ganhar aquele confronto, precisaria seguir todos os conselhos de Mari: abandonaria o próprio orgulho e montaria um plano que apenas ele poderia colocar em prática.

Ainda sem ideia do que fazer, o garoto decidiu que não valia a pena apressar o próximo embate. Fechou os olhos por alguns instantes e respirou com calma. Logo sentiu nas mãos o calor emanado pela espada de Salomão. Feita da mais pura pedra demoníaca, a lâmina permitia que sua energia fluísse sem nenhum empecilho, gerando um poderoso fluxo que nunca fora capaz de conseguir com as velhas adagas. Sentiu, também, um fino incômodo despontar do seu último ferimento, que estava demorando mais do que os outros para se fechar. Aquela capacidade de regeneração, por mais útil que fosse, possuía claras limitações: se continuasse gastando sua energia naquele ritmo, ele não aguentaria permanecer de pé por muito mais tempo. Por fim, sentiu a respiração inquieta de Mari nas arquibancadas. Embora a garota não possuísse qualquer traço de energia demoníaca no corpo, podia dizer com certeza que estava ansiosa. De braços cruzados, não aceitaria menos do que uma vitória.

Sorriu satisfeito ao perceber que, somando todos aqueles fatores, havia uma última coisa que poderia tentar. Não tinha dúvidas de que seria um plano arriscado e inocente, que remetia a uma série de cenas abusadas pela indústria cinematográfica — em geral, realizadas por personagens que já não se importavam com o que pudesse acontecer. Era um plano que passava longe do seu estilo de luta, mas que poucos além dele poderiam realizar.

Antes de tudo, precisaria de uma arma pequena e de fácil manuseio, criada para ambientes fechados. Com os dois braços esticados, segurou o cabo e a lâmina da espada com uma atenção doentia. Primeiro, criou um retrato mental da arma que desejava, compacta, só então permitindo que sua energia moldasse cada centímetro da pedra demoníaca que segurava, uma tarefa relativamente complicada. Após alguns segundos manipulando o metal, o resultado foi um objeto amorfo, com características entre as de um alfanje e as de uma adaga: um péssimo trabalho, mas o suficiente para o que planejava fazer.

Com a nova arma em mãos, posicionou-se com mais naturalidade. Vestindo uma expressão convencida, apontou a arma em direção a

Lúcifer. Este, impressionado com a forma como o desafiante havia finalizado sua primeira transmutação, em uma única tentativa, foi pego de surpresa pelos olhos decididos que o aguardavam.

— Se realmente está tão seguro quanto à sua vitória, o que acha de acabarmos com isso, então? Não temos por que prolongar uma luta que você certamente vai ganhar.

— Seu olhar me diz que acredita no contrário — comentou o príncipe, sorrindo satisfeito. — Pois bem. Não é do meu feitio aceitar pedidos como esse, mas, em nome dos bons costumes, acredito que possa fazer uma exceção para um humano multifacetado como você. Prepare-se!

Dobrou, então, os joelhos e apontou a longa catana para o peito do desafiante. Sem hesitar, mergulhou no tatame, com os olhos fixos no coração que desejava atravessar. Já esperando por uma resposta como aquela, o garoto fez o possível para desviar, no último instante, de uma morte certa, mas não do ataque em si. Jogando o ombro esquerdo para a frente, permitiu que a espada do demônio rasgasse a sua carne e atravessasse a escápula. Sentiu-se subitamente fatigado, porém manteve o terreno. Ele não se entregaria tão facilmente.

Ciente de que havia falhado em finalizar o serviço, o príncipe recuou assim que pôde, mas não conseguiu trazer a espada consigo. David pressionava a lâmina com os músculos feridos e ativara sua regeneração para impedir que o demônio a recuperasse. Como resultado, Lúcifer teve suas ações atrasadas por meros instantes, tempo suficiente para que o garoto girasse a nova arma com apenas uma das mãos e a fincasse na perna do adversário.

O príncipe, pálido, abandonou a própria espada assim que compreendeu o que havia acontecido. Mesmo sem demonstrar qualquer traço de dor, cambaleou para trás, pressionando a perna atingida com força. Existia uma mescla de surpresa e frustração em seu olhar, sentimentos que há milênios não experimentava. Do outro lado do tatame, David sorria debilmente, enquanto arrancava dolorosamente a catana do ombro. Jogou-se no chão logo em seguida, aliviado por ter conseguido desferir aquele último golpe: caso tivesse falhado, duvidava que teria forças para prosseguir.

Enquanto analisava a extensão do profundo ferimento no ombro, e os estragos dos demais danos de batalha, o garoto assistiu ao príncipe arrancar, com delicadeza, a espada de Salomão da perna e congelar seu único ferimento com uma precisão cirúrgica. Ele não demorou a caminhar em direção ao desafiante, estendendo em sua direção a lâmina que o ferira, mais uma vez em seu estado original.

— O que você fez foi de uma estupidez genuína. Você podia ter perdido um braço — comentou, sério. — Mas admito que foi uma ótima estratégia. *Derrotado por um humano* — estalou a língua. — Nunca imaginei que um dia fosse passar por isso...

Existia um perceptível quê de sofrimento em sua voz, porém David desconfiava de que nem todo aquele pesar fosse verdadeiro. Mesmo que a vitória tivesse sido fruto de um golpe perigoso e planejado, ele nunca teria conseguido desferi-lo se o demônio não tivesse aceitado aquela óbvia provocação. Também não podia ignorar o fato de que Lúcifer havia escondido seu verdadeiro poder durante todo o duelo. Bastante obnubilado, aceitou a espada inconscientemente, com uma expressão de gratidão no rosto.

Em algum momento, Mari surgiu em seu campo de visão. Sorrindo com satisfação, aproximou-se do garoto a passos curtos. David queria ter gritado um sonoro agradecimento a ela, dizendo que, depois de tudo que haviam passado, finalmente tinham permissão para encontrar Satanás e terminar tudo aquilo. Contar a ela que, graças à sua ajuda, havia sido capaz de chegar tão longe. Anunciar que eles haviam ganhado o desafio, juntos.

Mesmo assim, decidiu permanecer em silêncio. Esperou a garota se aproximar e lhe estender a mão para decidir como reagiria, porém uma dor súbita e lancinante, na altura do estômago, o impediu até mesmo de tocar nas mãos dela. Confuso e atordoado, estava dobrado sobre o próprio abdome quando notou que um pequeno portal surgira sob os pés da parceira, engolindo-a por completo. Quando compreendeu o que havia acontecido, era tarde demais: Mari havia desaparecido diante dos seus olhos.

Capítulo 22

Final e separação

David permaneceu em silêncio por algum tempo, encarando fixamente o local onde Mari estivera, incapaz de acreditar no que havia acontecido. O fio da vida que os conectava havia sido rompido por força bruta, e a garota, como se fosse descartável depois de tudo o que haviam passado, fora levada justo na hora em que estavam diante do último obstáculo. Ao concluir que, mais uma vez, estavam sendo convenientemente manipulados pelos demônios, urrou o mais alto que conseguiu, furioso.

Lúcifer aguardou com calma que o desafiante retornasse à razão. Quando julgou que era sensato se aproximar, assumiu a situação. O demônio comentou que Mari havia sido transportada para o próximo círculo, onde seria mantida aprisionada até que David se encontrasse com Satanás. Ele garantiu que aquilo era apenas uma forma de proteger a discussão dos dois, e que não era da índole do imperador machucar as pessoas sem motivos: a garota decerto ficaria bem.

Apesar de acreditar naquelas palavras, David não se contentou com a explicação. Tentou se levantar sozinho, porém foi derrubado por uma forte dor no peito, seguida por uma fraqueza súbita e incapacitante. Lúcifer logo percebeu que o garoto voltara a se curar, gastando uma energia que não possuía em ferimentos profundos demais para serem reparados levianamente. Irritado, segurou o ombro saudável do desafiante antes de prosseguir.

O príncipe não estava brincando quando disse que *Muramasa*, sua espada, alimentava-se do sangue de seus adversários. Pela localização do último ataque, não tinha dúvidas de que havia acertado ao menos um dos grandes vasos do garoto, e julgava impressionante o fato de ele não ter sequer cogitado ficar em pé após ter perdido tanto sangue. Considerando todos os outros ferimentos adquiridos em batalha, assim como o deplorável estado prévio em que se encontrava, Lúcifer julgava que David não estava em condições de partir de imediato.

O garoto ouviu aquelas palavras com uma careta dolorida. Conhecia o próprio corpo, e sabia que o príncipe estava certo em se preocupar com a sua condição, mas estava furioso demais com o sumiço de sua parceira para não agir de imediato. Agradeceu ao demônio pela preocupação e por tudo o que havia feito, e desculpou-se, com antecedência, por desobedecê-lo. Arriscou levantar-se de novo, desta vez com um pouco mais de parcimônia. Mesmo sentindo o mundo rodar levemente, conseguiu manter-se de pé por algum tempo, o que considerou suficiente.

Ofereceu a espada de Salomão a Lúcifer antes de partir, porém o príncipe recusou o gesto. Comentou que era perigoso ir sozinho, e que David deveria levar a lâmina consigo. Caso as coisas dessem errado, ter uma arma poderosa em mãos era sempre uma ótima alternativa. Ciente de que o demônio estava certo, o garoto agradeceu pelo presente e prometeu que um dia o devolveria. O príncipe concordou sem vontade: ele sabia que nunca mais teria aquela linda *obra de arte* nas mãos.

Em seguida, David partiu em direção ao portal. Fatigado, com dores em todo o corpo e com o braço esquerdo pendendo, inútil, ao lado do abdome, cambaleou até a poderosa e conhecida energia azul. Após lançar um último olhar caloroso em direção a Lúcifer, mergulhou de cabeça no portal, torcendo para que tudo desse certo. Instantes depois, sem nenhum efeito colateral, já estava com os pés firmes sobre o chão.

Três palavras podiam descrever o novo círculo: quente, populoso e barulhento. Formado por um enorme pedaço de rocha negra, que boiava, segundo alguns autores, sobre um infinito mar de magma, o nono círculo era o lar da maior parte dos demônios que viviam pacificamente no Inferno. Um local de paz e liberdade para os seres mais desprezados de toda a história do planeta Terra.

O maior símbolo dessa convivência era a grande metrópole em que David se encontrava. A cidade havia sido criada pessoalmente por Satanás, após sua histórica ascensão ao cargo de imperador do Inferno, como prova de que finalmente traria fim às guerras por território dos demônios. Estruturalmente, ela se assemelhava à maioria das grandes aglomerações humanas, com exceção do fato de ser muito mais vermelha do que o necessário. Transitando por entre prédios altos, ruas largas e diversas fachadas enfeitadas com neons, o garoto se deparara com demônios de todas as classes e tamanhos, que enchiam cada canto visível de pedra, todos relativamente felizes.

Se Mari ainda estivesse ao seu lado, David provavelmente teria ficado alucinado com tudo aquilo e tentaria passear pelo menos uma vez por cada lugar antes de ser arrastado até o imperador pela gola da roupa. Dessa vez, porém, exibia uma expressão de raiva enquanto buscava o local onde poderia encontrar Satanás. Não demorou a visualizar um castelo de pedra, localizado justamente no centro da cidade, contrastando com os modernos prédios que o circundavam.

Jogou, então, a espada já desembainhada sobre os ombros. Mesmo arrastando o braço ferido e mancando, nenhum demônio ou guarda teve coragem de interceptá-lo. Notando como os seus olhos demoníacos transbordavam uma clara motivação homicida, e contando com os seus sentidos aguçados, sabiam que David não era um simples humano: era um tabu ambulante, que deveriam deixar em paz.

Em questão de minutos, o garoto chegou às portas do suposto castelo de Satanás. Mesmo após ter sido abordado, conseguiu entrar depois de chutar os três corajosos guardas que entraram em seu caminho. Logo se pegou vagando, a esmo, por corredores quentes que pareciam não levar a lugar algum. Em dado momento, porém, finalmente encontrou o que procurava.

Dentro de um salão circular, composto por paredes e pilastras de pedra demoníaca, havia uma conhecida criatura, de poder imensurável. Era um demônio elegante e debochado, que sorriu largamente ao notar a chegada do garoto. Seus olhos, donos de um intenso brilho vermelho, eram capazes de incendiar qualquer coisa, até mesmo o temperamento de um humano. Sentado em um marcante trono escarlate, com as pernas elegantemente cruzadas, Satanás o aguardava pacientemente.

Ao seu lado, de pé, encontrava-se um demônio de porte mediano, vestido com um *smoking* impecável. A julgar pela falta de expressões, ou de movimentos, e pelo característico ar de mordomo inglês, David concluiu que ele fosse o novo braço direito do imperador, do qual Rahovart tanto havia reclamado. Mesmo furioso, o garoto não pôde deixar de sorrir ao imaginar a diferença entre seu mestre rabugento e aquela criatura séria e, possivelmente, eficiente.

Após vasculhar com frieza o salão em busca de Mari, uma única coisa lhe chamou a atenção. Exposto no centro do local, sobre uma haste de pedra, havia um globo transparente, envolto por uma fina camada de energia. Ao se aproximar do estranho objeto, David encontrou uma versão reduzida de sua parceira, recostada, inconscientemente, no fundo deste. Apesar do tamanho diminuto, ele não teve dúvidas de que aquela fosse realmente a sua parceira. Felizmente, ela não estava ferida.

Desviando a atenção do globo, deixou que seus olhos pousassem em Satanás. Refletiu por alguns instantes sobre como iria encarar aquela situação. Desejou que ainda estivesse com raiva o suficiente para explodir e desafiar o imperador para uma batalha que não fazia sentido, mas não conseguiu agir dessa forma. Já havia encontrado o demônio pessoalmente e conhecia centenas de suas histórias. Sabia que aquilo era o que ele mais desejava, e não iria cair naquele truque. Não agora que, graças à liberação do selo de Rahovart, estava imune aos efeitos colaterais da energia do imperador. Não agora que sabia que Mari estava bem.

Mesmo assim, David não pretendia começar aquela conversa sem deixar clara sua irritação. Com um olhar sério, apontou a espada para o pescoço do imperador antes de começar a falar:

— Prometa que ela vai ficar bem.

O demônio sorriu largamente ao perceber quão séria era aquela ameaça. Lembrou-se do humano que havia encontrado no sexto círculo, cheio de potencial, porém com um pavor racional de mostrar quem realmente era. O fato de ele estar carregando uma das peças de Salomão apenas aumentava a sua excitação: Lúcifer também o havia aprovado.

— Eu dou a minha palavra, David Goffman, de que nenhum mal recairá sobre esta humana.

— Ótimo — pontuou, enquanto prendia a espada na cintura. Depois, sem deixar de encarar o demônio, sentou-se no chão. — Estou à sua disposição, Satanás.

O imperador respondeu ao gesto com um breve sorriso. Ajeitou-se em seu trono e adotou uma postura que transitava entre o solene e o debochado. Tanto ele quanto o garoto se negaram a descruzar os olhares nesse meio-tempo.

— Antes de começarmos, sinto que lhe devo os parabéns e uma merecida salva de palmas. É o primeiro humano que chega tão longe em mais de meio milênio. O segundo de toda a história.

— Agradeço pelos cumprimentos. Eu fiz por merecer.

— Claro que não podemos deixar de comentar que, desde o começo, você não foi *exatamente* o ser humano que esperávamos por aqui. Uma clara infração das regras que, como eu mesmo já me certifiquei lá atrás, *você* tanto conhece.

David franziu e manteve o cenho em riste. Seu contrato, apesar de já ser um assunto esperado, havia aparecido muito mais cedo do que imaginara. Conhecendo o imperador, e considerando que ele não era tão apegado às próprias regras quanto gostava de se gabar, o garoto precisaria atacar o mais rápido possível, com tudo o que pudesse, caso quisesse manter válido seu desafio. Ele apenas precisaria tomar cuidado para que a conversa dos dois não se tornasse uma espécie de jogo mental, como havia acontecido no sexto círculo.

— Sim, uma clara infração. Conheço muito bem as regras e sei que nunca deveria ter escondido sobre o meu contrato, quiçá ter aceitado participar deste desafio, para início de conversa. Mas, considerando que praticamente todos os demônios que encontrei no caminho acabaram descobrindo sobre ele, tenho as minhas dúvidas de que você, Satanás, de todas as criaturas, já não soubesse sobre Rahovart. E que tenha ignorado completamente esse fato em nome do seu entretenimento pessoal.

— David Goffman, que ultraje! — exclamou, falsamente ofendido. — Pelo menos tem alguma prova desta acusação *infundada*?

— Nenhuma concreta, admito, mas desconfio de que esteve me vigiando desde o começo. Você sabia, por exemplo, mais do que deveria sobre mim quando me encontrou no sexto círculo. E sabia exatamente o momento certo para sequestrar Mari. Vamos lá, Satanás. Admita que você quebrou as suas próprias regras. E que não dá a mínima para elas!

— Ha! Ha! Ha! Ha! — riu o demônio, incapaz de ficar sério por mais tempo. Ele demorou quase um minuto para conseguir se recompor. — David, David, precisa aprender a confiar mais em mim. Como eu disse no sexto círculo, as regras foram criadas exclusivamente por *mim*, para deixar o jogo mais interessante para *mim*. Portanto, eu nunca as quebraria, mesmo que fosse necessário. Por outro lado, não posso deixar de comentar que Eligor — apontou, então, com as sobrancelhas para o demônio que estava ao seu lado; este respondeu com uma breve reverência, seu único movimento até então — tem o *infeliz* hábito de espionar os desafiantes e agir de acordo com o que descobre. Acredite em mim quando eu digo que ele tem olhos em todos os lugares.

Desconfiado, David encarou o mordomo com uma atenção que até então não tivera. Fisicamente, ele não possuía nenhuma característica impressionante, porém sua aura era uma das mais incríveis que o garoto já havia visto. Ela não era poderosa, mas tinha um alcance fora do normal, o que provavelmente lhe conferia uma capacidade de observação descomunal. Isso, porém, não inocentava Satanás.

— Acredito nas suas palavras — comentou, em um tom cínico —, mas acho estranho que ele, como observador do desafio e seu fiel braço direito, não tenha te avisado sobre um contratante andando livremente pelo Inferno. Mesmo sabendo que ele poderia se tornar um, digamos, *maldito demônio*.

— Você está ainda mais sarcástico do que da última vez, David. Seria isso o resultado de sua convivência com a garota? — perguntou, com uma das sobrancelhas erguidas. Aquela era mais uma prova de que ele os vinha observando indiretamente. — Sim, eu me rendo, você me pegou. Eligor acabou me contando uma coisa ou outra sobre a sua jornada. Dentre elas, claro, sobre o seu contrato.

— Isso não me impressiona — disse, algo triunfante. — Só não entendo por que permitiu que mesmo assim eu continuasse, principalmente sabendo o que iria acontecer comigo.

O imperador optou por não responder de imediato. Encarou David por algum tempo, enquanto montava em sua mente respostas que não transmitiriam a ideia de um líder leviano. Ao perceber que o garoto mantivera até então o mesmo olhar firme de quando o ameaçara, sorriu satisfeito: ele já havia conquistado o respeito do desafiante, e sabia que nada do que falasse destruiria a imagem que ele havia construído em sua mente.

— Deixei que continuasse porque me encontrei com você no sexto círculo e descobri que o seu contrato era com ninguém menos do que Rahovart, meu velho companheiro. Conheço aquele idiota como ninguém, e sei que ele deve ter tido um bom motivo para sacrificar a própria existência apenas para te trazer até mim. Não podia te impedir de prosseguir sabendo disso. Devo pelo menos isso a ele.

David sentiu um esperado pesar encher-lhe o peito. Satanás confirmara a suspeita de que seu mestre havia desaparecido por completo e deixado apenas sua energia para trás. Mesmo diante dessa perda, não pôde deixar de sorrir. Depois de tantos anos, era incrível saber que Satanás ainda respeitava Rahovart daquela forma. Um sentimento que sabia ser mútuo.

— Ele ficaria feliz em saber que ainda se importa com ele — comentou, com uma expressão satisfeita.

— Se conhecemos o mesmo Rahovart, não vejo nenhuma surpresa. Quem não se importaria, e se preocuparia, com aquele duende frágil e rabugento?

Os dois riram com vontade. Bastaram algumas palavras de conforto para que, pela primeira vez desde que se conheceram, o clima entre os dois deixasse de ser tão pesado. O garoto admitia gostar daquilo, embora soubesse que não era sensato baixar a guarda na frente de Satanás. Principalmente enquanto existissem assuntos sérios a serem tratados.

— Me permite uma pergunta, Satanás?

— Todas as que estiverem ao meu alcance.

— Além de ameaçarmos um ao outro e jogar conversa fora, o que exatamente estamos fazendo aqui?

— Não estamos jogando conversa fora, David, muito menos nos ameaçando. Estamos dividindo experiências e crescendo como homem e demônio — retrucou, falsamente ofendido. O garoto apenas o encarou de soslaio. — Sinceramente, foi uma ótima pergunta. Estávamos tão entrosados que esqueci de comentar que estamos aguardando um convidado. Uma espécie de *regulador* das transações entre Céus e Inferno. Sem o intermédio dele, afinal, não seria possível enviar ninguém lá para *cima.*

— Tudo bem — concordou David. Lembrando-se de que Satanás, apesar de grande líder dos demônios, possuía pouca influência nos Céus, fazia sentido que um representante de cima fosse enviado para tratar da transição. — E quem exatamente seria esse convidado?

Antes que o imperador sequer ponderasse responder, o garoto caiu sobre os joelhos devido a uma forte pontada na base do crânio. Confuso, não precisou fechar os olhos para perceber que algo poderoso havia colocado os pés naquela cidade. Tratava-se de alguém inesperado, intrusivo, que destruía completamente a harmonia daquele lugar. Satanás sorriu ao perceber que a habilidade de detecção do desafiante não era de todo ruim.

— Sinto que não vai demorar para descobrir.

Ciente de que não havia motivos para pressionar o demônio, o garoto não exigiu uma resposta. Levantou-se com calma e recostou-se em uma das paredes, onde aguardou até que as portas do saguão se abrissem com um estrondo desnecessário, dando espaço a uma criatura que nunca esperou encontrar onde estava. Tratava-se de um ser humanoide, lindo, de cabelos castanhos curtos e bem penteados e olhos marrons, que, apesar de transbordarem uma arrogância genuína, possuíam um brilho inegavelmente dócil. Nas costas, exibia um par de asas tão brancas que obrigaram o garoto a desviar o olhar.

David ficou maravilhado. Descontando o rápido e trágico encontro que tivera com o assassino de seus pais, aquela era a primeira vez que se encontrava com um anjo de verdade. E não apenas isso: a fina auréola dourada que pairava a poucos centímetros de sua cabeça mostrava que ele não era um simples anjo, mas sim um arcanjo, a classe de seres celestiais mais poderosa e influente sobre a história da humanidade. Sentindo o ardor resultante do contraste entre a quente aura que emanava do convidado e o seu corpo recém-transformado, perguntou-se, inconscientemente, se um dia seria forte o bastante para conseguir enfrentar um deles.

Caminhando com uma prepotência cega, este passou por David sem sequer notar sua presença. Apesar de manter a elegante postura de superioridade, o garoto podia perceber que, no fundo, ele não estava nem um pouco contente por estar ali.

— Satanás, eu insisto em repetir que os seus direitos como conselheiro não devem ser usados de forma tão leviana — começou, com uma voz profunda e solene, que refletia com exatidão seu jeito esnobe. — E que não estamos em um momento tão simples para você se dar ao luxo de exigir uma reunião de emergência sem aviso prévio.

— Bom dia para você também, Gabriel. Eu estou bem, obrigado por perguntar.

O anjo sorriu com um desdém genuíno. Satanás, provavelmente já esperando por aquela reação, retribuiu o gesto com sinceridade. Por instantes, o simples choque entre suas energias gerou uma reação tão poderosa que David se encolheu onde estava, tomado por um pânico sem fundamento.

— Um dia ainda me livrarei de você — comentou o anjo com firmeza. — Mas até lá me contentarei em saber o que tem de tão importante para tratar comigo. Peço que não me decepcione.

— Se você soubesse o quanto é difícil encontrar algo do seu agrado, não sairia por aí dizendo essas coisas. Ainda mais quando te chamo para pedir um *gigantesco* favor. — Com isso, apontou com os olhos para um dos cantos da sala: para David.

Só então o arcanjo notou a presença do humano, que, um pouco sem graça, o cumprimentou com um tímido abano de mãos. Com uma expressão de nojo no rosto, ele o analisou atentamente, da cabeça aos pés. Em algum momento entre notar a aura negra que o revestia e perceber que os seus olhos não eram humanos, Gabriel levou uma das mãos ao cenho, perplexo.

— Satanás — começou, descrente —, não me diga que este *verme* é um dos seus desafiantes?

— Sim, sim. Gabriel, eu lhe apresento David Goffman, o primeiro ganhador em muitos séculos. Uma criatura deveras fascinante, devo dizer.

— Não posso acreditar que me arrastou até aqui para *isso*. Sabe bem que nunca aceitamos essa sua ideia de levar indignos ao Paraíso. Mesmo assim você insiste em teimar neste assunto. Só que dessa vez você passou dos limites me apresentando um contratante. Um *maldito* contratante!

David torceu os lábios para aquelas palavras. O arcanjo já o irritava, naturalmente, por seu jeito esnobe e arrogante, mas a forma como o tratava beirava o inaceitável. Quanto ao fato de ele deixar claro que não o levaria aos Céus, o garoto tinha plena confiança de que o imperador interviria em sua defesa e o faria mudar de ideia. Afinal, ele era o primeiro a de fato passar por todas as etapas do desafio, e o primeiro a ser representado de verdade pelo demônio. Satanás, sorrindo, se divertia imaginando quais eram os pensamentos que passavam pela cabeça do desafiante. E como frustraria suas esperanças.

— Gabriel, meu grande amigo, sempre achei engraçado esse seu jeito de pular direto às conclusões, e de sempre considerar que está certo, independentemente do quanto sabe sobre a situação — debochou o imperador. — Eu sei bem que jamais aceitaria representar o nosso tolo contratante e garanto que nunca, nem mesmo por um instante, esteve em meus planos pedir que o levasse.

David sentiu o sangue ferver perigosamente dentro de si. Estava ciente do quanto seria insensato perder a paciência naquele cenário, mas aquela, definitivamente, havia sido a gota d'água. Após respirar profundamente, tentando, em vão, se acalmar, deu um passo à frente, com a espada novamente em mãos. Por mais idiota que aquele gesto fosse, diante de um arcanjo, e do demônio mais poderoso de todos os tempos, não podia deixar de lutar por seus interesses.

— Vejo que estou mais uma vez sozinho — comentou, sério. — Se importam se eu me juntar à conversa? Para introduzir o meu ponto de vista, ao menos?

Gabriel, com uma das sobrancelhas levantadas, ficou admirado com aquela reação. Satanás, gargalhando sonoramente, não estava nem um pouco surpreso. Com um breve movimento de mãos, informou ao arcanjo que ele era a pessoa certa para responder às dúvidas do desafiante. O anjo, péssimo em lidar com humanos, protestou em vão. Sabia que, no final, seria obrigado a seguir os mimos do imperador.

— David, correto? — começou; o garoto concordou com a cabeça, em silêncio. — Eu realmente fiquei curioso. Me diga o que acha que pode fazer nesta situação?

— Provavelmente nada, admito. Mas quero pelo menos saber o porquê de não poder me levar para os Céus. Eu mereço isso.

— Humano, se você não captou o que ficou subentendido, repito: mesmo que eu quisesse, e deixo claro que não quero, não tenho permissão para levar nenhum de vocês, *pecadores*, para o Paraíso. A sua designação ao Inferno foi delimitada há muitos anos por um conselho de anjos, e eu não tenho poder algum para passar por cima do que foi decidido.

— Isso só pode ser mentira. Se realmente não existisse uma forma de subir, Dante nunca teria chegado ao Paraíso.

— Ele foi um caso à parte — admitiu, surpreendentemente tranquilo, apesar da insistência. — Tínhamos um Inferno diferente naquela época, ainda em transição. E ainda existiam tolos como Virgílio e Beatriz, que serviram de professores para alguém tão confuso quanto Dante. Quando ele estava atravessando o antigo Purgatório, tínhamos um humano diferenciado, que havia aprendido a sua lição, de certa forma. Um humano que possuía todos os requisitos para estar no Paraíso.

David levou involuntariamente uma das mãos ao queixo. Ficou se perguntando quais seriam aqueles requisitos, e como poderia provar para o arcanjo, mesmo que não fosse verdade, que também os possuía. Ele sabia que, se não trouxesse um bom argumento para a conversa, seria obrigado a desistir definitivamente de seus objetivos.

— Imagino que eu não possua esses requisitos. Mesmo depois de tudo que passei...

— Não adianta apelar para o drama — cortou-o Gabriel, de prontidão. — Você não tem o que é necessário, ponto. E só passou por tudo o que passou porque aquele demônio estúpido não abriu o jogo com você desde o início: não há como mudar uma decisão dos Céus.

— Ei! — protestou Satanás, desta vez sem precisar fingir estar ofendido. — Sinto informar que você está perdidamente errado em dois pontos, Gabriel. Em primeiro lugar, estava escrito nas regras do jogo, desde o início, que passar pelo desafio não garantia acesso aos Céus, e eu fiz questão de me certificar de que o garoto soubesse disso. Em segundo lugar, eu consigo mudar uma decisão feita por um bando de anjos estúpidos quando e como eu bem entender. Neste caso, eu apenas não desejo fazê-lo.

David sentiu mais um nó se formar em sua garganta. Pensou em gritar com o demônio, mas já não tinha forças nem esperança de que fosse conseguir algo com aquilo. Mesmo assim, manteve a postura e encarou o imperador com vontade. Ele ainda não podia se dar por vencido.

— Por que não?

— Basicamente porque, embora eu acredite que todas as criaturas mereçam uma segunda chance, elas precisam estar dispostas a mudar para consegui-la. Você, David Goffman, por outro lado, chegou aqui com uma mentalidade totalmente fechada, procurando por um objetivo que vai totalmente contra a ideia deste jogo. O resultado não foi diferente do esperado: você mudou muito durante a sua jornada, mas não da forma como esperamos de um desafiante. Você se tornou mais corajoso, mais impulsivo, mais poderoso do que qualquer um poderia imaginar que um dia seria, mas manteve essa mesma apatia em relação à sua própria vida, e o mesmo desejo de fazer justiça com as próprias mãos, um fator inadmissível para alguém que deseja chegar aos Céus. Como espera que eu coloque a mão no fogo por alguém como você?

O garoto não respondeu de imediato. Digeria amargamente as palavras do imperador, sentindo um doloroso peso se acumular na boca do estômago. Satanás estava certo sobre tudo o que dissera, porém David havia sido criado daquela forma por seu mestre. E nem ele nem ninguém haviam lhe dito que era justamente aquele seu jeito de ser que seria responsável por privá-lo de sua maior conquista. Com raiva, apertou o cabo da espada.

— Olha aqui, Satanás...

— Não se atreva a me responder torto! — gritou o demônio, levantando-se pela primeira vez. David sentiu um medo estranho percorrer-lhe a espinha enquanto a voz do demônio se perdia pelo saguão. Chegara a pensar que nunca estivera tão próximo de morrer. — Mesmo não te representando diante dos anjos, não posso ignorar os desejos de quem te trouxe até aqui, nem mesmo a sua impressionante evolução nestas últimas semanas. Por isso, deixo o convite para que treine comigo, e com todos os outros príncipes, para que, assim, possa aprender a usufruir como deve da energia que Rahovart deixou em suas mãos.

Mais uma vez, David se viu sem palavras. Um convite de treinamento, feito pelo próprio Satanás, não era apenas algo que nunca havia imaginado: conhecendo seu mestre, e o fato de ele nunca ter comentado sobre o seu desaparecimento com o passar do desafio, aquele provavelmente era o desfecho aguardado desde o início. Mesmo que aquilo não fosse o que o garoto esperava, não deixava de ser uma situação interessante.

Gabriel foi o único que não se mostrou contente, ou surpreso, com a notícia. Por instantes, encarou David com uma expressão preocupada. Inconscientemente, seus olhos recaíram sobre a espada de Salomão, permanecendo ali por algum tempo.

— Isso explica algumas coisas — comentou para si mesmo, em voz alta. Suspirou profundamente antes de voltar a tomar partido na conversa. — Satanás, sabe muito bem que, desde Salomão, nós somos bastante categóricos quanto a trazer esse tipo de pessoa para o lado dos demônios. E mais: o que está fazendo, dadas as nossas circunstâncias, não é apenas arriscado, é idiotice.

— Me desculpe, Gabriel, mas não me lembro de ter pedido sua opinião sobre o assunto.

— Quem avisa amigo é, meu caro. Quando os Serafins souberem disso, vão vir atrás de você com tudo o que possuem. — Virou-se, então, para David. — Quanto a você, humano, aconselho que não aceite esse convite. Garanto que a sua estadia aqui no Inferno não será de graça. No melhor dos casos, você se tornará um fantoche de Satanás, para o que lhe restar de mortalidade.

Por mais que o garoto quisesse acreditar que não, Gabriel havia levantado um ponto preocupante. Para piorar, aquele não era o único. Aceitar a proposta de Satanás o obrigaria a desistir, até segunda ordem, dos seus planos de chegar aos Céus. Mesmo que não pudesse negar que, sobretudo após conhecer o arcanjo, um pouco mais de poder poderia vir a ser essencial para sua futura vingança, David não pretendia postergá-la por tanto tempo. Contudo, não podia simplesmente ignorar a vontade de seu mestre, muito menos voltar à superfície de mãos vazias. Existiam outras formas de encontrar o anjo que matara seus pais, mas não de treinar sob a tutela dos demônios mais poderosos do planeta.

— Se eu ficar, Satanás, quanto de poder eu conseguirei?

— Hum — resmungou, pensativo, com uma das mãos levada ao queixo. — Imagino que possa chegar próximo do nível de Belzebu.

— É mais do que suficiente. Eu aceito o convite.

O imperador abriu um largo e verdadeiro sorriso. David, invadido por uma estranha sensação de paz e felicidade que não sentia há um bom tempo, retribuiu o gesto com todos os dentes. Mesmo aborrecido pelo resultado não ter sido exatamente o que esperava, ele havia conseguido: era o primeiro humano a ganhar o desafio em vários séculos, e o primeiro a receber um convite como aquele. Perguntou-se, inconscientemente, se seus pais aceitariam essa breve mudança de planos. Não conseguiu, porém, chegar a uma resposta.

Gabriel, com a pose mais ofendida que conseguiu fazer, fez questão de demonstrar o quanto estava incomodado com tudo aquilo. Não demorou a concluir que não tinha mais lugar ali. Afinal, nada do que fizesse faria os dois mudarem de ideia.

— Bom, se o problema era apenas esse, acredito que a minha presença aqui tenha se tornado inútil. Obrigado por me convocar, Satanás. Da próxima vez, avise com antecedência que não vai realmente precisar de mim.

Com estas palavras, virou-se de costas e desfilou em direção à saída do saguão, sem esperar por qualquer resposta. Satanás, levemente exasperado, chamou a atenção de David e, com as mãos, pediu que o garoto o impedisse de partir. Embora não tivesse entendido muito bem o que o imperador esperava que ele fizesse, não demorou a perceber que o demônio mudava o foco do arcanjo para o único objeto exposto no saguão, repetidamente. Eligor, quase um detalhe sutil desde a breve reverência de uma hora atrás, gesticulava da mesma forma. Quando finalmente entendeu o que estava acontecendo, o garoto não conseguiu evitar um sorriso bobo, quase infantil.

Apenas agora toda aquela aventura fazia algum sentido. O improvável encontro dos garotos no castelo de Mamon. A inesperada criação de um fio de vida entre ele e uma morta. A incitação à traição durante a conversa com Belzebu. O inesperado zelo de Lúcifer, que desejava, a todo custo, que não houvesse pontas soltas na relação dos dois. E, por fim, as duras, porém cheias de significado, palavras de Satanás, uma criatura que sempre lutava para proteger os seus ideais, e que acreditava que todo ser merecia uma segunda chance. Mais consciente do que nunca da situação em que estava, o garoto riu de si mesmo, refletindo sobre como sempre menosprezara um pouco a situação daqueles que o cercavam. Por puro egoísmo, sempre se enganou, imaginando ser o único protagonista daquela história.

— Gabriel — começou, o mais rápido que pôde —, antes que você vá, preciso te pedir um favor.

— O que é, humano? Já não basta todo o tempo que me fizeram perder à toa...?

— É um assunto sério, então, por favor, não reclame — disse, levemente irritado. — Eu concordo que eu não possuo o que é necessário para poder ir aos Céus, mas conheço alguém que talvez possua.

David, então, deu dois passos para o lado e mostrou, com as mãos, a esfera onde sua parceira jazia inconsciente. Gabriel, com muita má vontade, aproximou-se do objeto e encarou com atenção o corpo desfalecido de Mari. Por instantes, o garoto pôde perceber que a cor havia sumido do rosto dele. Após alguns segundos rondando o domo, agitado, o arcanjo virou-se para Satanás, com uma expressão de surpresa.

— Então foi por isso que me chamou?

— Pode ser que sim. Pode ser que não — respondeu o demônio, com um falso dar de ombros.

— Pelo Senhor, Satanás! Faz mais de meio milênio que não vejo uma aura assim. Vamos lá. Eu preciso saber tudo sobre essa humana!

E assim o imperador fez, detalhe por detalhe, não deixando de comentar nem mesmo os mínimos pormenores de quando Mari estivera viva. David, crente de que não deveria saber mais sobre a garota do que ela havia lhe contado, afastou-se da dupla e sentou-se em um dos cantos do salão circular, próximo a Eligor. Mesmo curioso por qualquer nova informação que pudesse ter sobre a parceira, sentia que estaria invadindo sua privacidade ao descobrir coisas que ela não havia confidenciado por conta própria. Tentando se isolar do mundo, recomeçou o tratamento de seus ferimentos, em especial o do ombro esquerdo. Mesmo assim, não conseguiu deixar de ouvir certas passagens. Algumas delas deixaram seu coração desconfortável.

Satanás fez questão de chamá-lo pessoalmente assim que terminou de relatar toda a história. Gabriel, visivelmente encantado, encarava a esfera com as mãos na cintura. David não tinha dúvidas de que ele estava realmente fascinado com aquele novo desfecho.

— Não posso acreditar que ela seja uma suicida — comentou, sem perceber. — Coração forte, consciência muito bem preservada, amante da vida e ciente de todos os seus pecados. Se eu não estivesse vendo com meus próprios olhos, nunca teria acreditado que viveu por cinco anos aqui no Inferno. Ela possui todos os requisitos para estar nos Céus.

— Isso quer dizer que consegue levá-la com você? — questionou David, esperançoso.

O arcanjo demorou para chegar a uma resposta. Deixou a atenção correr de Mari para Satanás antes de, com uma expressão séria no rosto, voltar o olhar ao garoto.

— A hierarquia do Paraíso não é tão simples quanto a destas terras, humano. Mesmo não sendo um anjo qualquer, eu vou ter um bom trabalho convencendo os Serafins sobre o assunto. Mas prometo que, com a ajuda de Satanás, farei o possível por sua amiga. Admito que será interessante ver como meus irmãos reagirão a isso.

O garoto estranhou ao ouvir a palavra *amiga* descrevendo a relação entre os dois. Afinal, eles eram muito mais do que isso. Eram parceiros de vida, desde o momento em que se encontraram no castelo de Mamon, ao que parecia ter sido uma eternidade atrás. Mesmo assim, ele não compartilhou sua opinião com o arcanjo, respondendo às palavras dele com um simples sorriso verdadeiro, honestamente agradecido.

Gabriel e Satanás continuaram conversando e retribuindo gentilezas por mais alguns minutos. Quando o arcanjo finalmente decidiu que deveria partir, David se despediu, com um aperto no peito, de sua parceira. Ele até mesmo implorou que o imperador a retornasse à sua forma original, apenas para um último adeus, mas não conseguiu convencê-lo. Conhecendo a personalidade de Mari, Satanás julgou que seria imprudente permitir que ela tivesse voz quanto a seu destino. David, infelizmente, não teve argumentos suficientes para contrariá-lo.

Os dois, então, assistiram em silêncio à partida do arcanjo. David, pensando em como sentiria falta da garota, não conseguiu conter algumas lágrimas, que escorreram rapidamente por seu rosto. Mesmo assim, estava realmente feliz pela garota: o único sonho infantil de Mari estava se realizando. E ele não pretendia ficar para trás.

— Satanás? — falou, enfim, desvencilhando-se bruscamente de sua melancolia.

— Pois não, David Goffman?

— Quando começamos o treinamento?

Epílogo

A falha

Asmodeus sempre considerou que existia uma clara diferença entre o que um demônio podia fazer por um humano e o que um humano podia fazer por um demônio. No primeiro caso, o demônio poderia arruinar a vida de qualquer criatura — muitas vezes pelo simples desejo de propagar a má fama de seus semelhantes — ou ajudar um humano a crescer em qualquer aspecto de sua vida, o que ficou conhecido, pela humanidade, como *vender a alma ao diabo*. Já no segundo caso, os humanos podem fazer apenas uma coisa pelos demônios: aceitar servir de casulo sempre que estes necessitarem.

Há mais de um mês, porém, após o encontro com David, o príncipe passou a refletir com mais cautela sobre aquele raciocínio. Embora seu contrato forçado com Rahovart o tornasse um bom exemplo do segundo grupo, não conseguia deixar de imaginar o quanto o garoto seria útil em um futuro próximo. Afinal, ele seria o primeiro *demônio* isento das regras estabelecidas pelos Céus. Um ótimo peão, dependendo de como usado.

Sorriu sem jeito ao perceber quão longe estava indo com aquela perigosa linha de raciocínio. Culpou o tranquilo e bucólico trecho florestal em que estava, em algum lugar da França, por seus pensamentos inoportunos. Culpou, também, o doce calor emanado pela perigosa falha dimensional que repousava a poucos metros de onde estava sentado. Culpou, por fim, o atraso de seu futuro companheiro de fim de tarde. Diferentemente do que o demônio havia previsto, ele ainda não havia retornado de suas tarefas diárias.

Felizmente, sua grande intuição continuava intacta. Um crescente bater de asas mostrava que o seu parceiro enfim estava chegando. Mesmo cego, Asmodeus não tinha dúvidas de que o arcanjo que se aproximava era quem esperava. Ele possuía uma energia única, despertadora de antigas feridas.

— Meu caro Rafael — começou —, pensei que não teria o prazer de sua companhia hoje.

O arcanjo respondeu ao cumprimento de forma amistosa. Após pedir licença, acomodou-se ao lado do príncipe, diante da falha. Amante de um bom diálogo e adepto da ideia de que a linguagem era a mãe das ciências, não demorou a puxar os mais diversos assuntos com o companheiro. Ao contrário da maior parte dos anjos, Rafael conseguia conviver com os demônios, e não via problemas em se preocupar com o que acontecia do *outro lado da moeda*. Asmodeus, sensato e sábio como poucos de sua espécie são, sabia aproveitar muito bem isso.

— Acredito que devemos ir ao que interessa, então — comentou o arcanjo em algum momento. — Estou realmente curioso sobre o *garoto de Rahovart*.

— Todos estamos, meu caro. Eu fui visitá-lo ainda esta semana. Satanás e Lúcifer não estavam brincando quando disseram que ele tem talento para ser um demônio. A cada dia ele se torna mais poderoso, um feito e tanto.

— Não sei se essa é uma boa notícia — admitiu o arcanjo, rindo. — Quando Gabriel trouxe à tona a existência do garoto, foi um rebuliço lá em cima. Muitos protestaram, dizendo que seria perigoso permitir a existência de um humano tão poderoso.

— Não consigo imaginar o que diriam caso conhecessem essa falha.

Rafael sorriu sem vontade. Por instantes, encarou a hipnotizante energia verde com olhos preocupados. Desde que descobrira aquele lugar, há quase vinte anos, muitas vezes se pegou sentado onde estava, simplesmente perdido em teorias sobre como algo tão poderoso havia surgido em uma região tão pacífica quanto aquela. Também se perguntava se alguém já o havia atravessado.

— Ainda não tivemos resposta da equipe de busca? — perguntou enfim.

— Ainda não, meu jovem. E acredito que nunca teremos. Esse portal é muito diferente daqueles que utilizamos no Inferno. Acredito que seja muito mais poderoso e eviscerante do que qualquer um que conheçamos atualmente em nosso Universo. Não tenho dúvidas de que apenas um *verdadeiro imortal* suportaria uma viagem por ele.

— E se esse imortal realmente existir do outro lado, acredita que ele se aproveitou disso?

Asmodeus deu de ombros. Infelizmente havia limites para sua clarividência. Uma deficiência que, de tempos em tempos, o preocupava amargamente.

— Isso depende de que tipo de imortal estamos falando.

Rafael assentiu em silêncio. Continuou refletindo sozinho, sem dizer uma única palavra, por um bom tempo, até ficar entediado com os próprios pensamentos. Asmodeus então, com um sorriso no rosto, voltou a conversar alegremente com o arcanjo, sobre as mais profundas trivialidades. Apenas quando o Sol estava prestes a se pôr, Rafael percebeu que estava tarde e que deveria partir.

— Mande notícias minhas a Satanás. E, por favor, ensine os *olhos de incubus* ao pequeno prodígio. Vai ser engraçado.

— Acredito que não seja prudente ensinar isso a um jovem humano — riu. — Mas farei o possível.

O arcanjo, com uma expressão satisfeita, deu as costas ao demônio e se preparou para voar. Porém parou na metade do caminho. Ele quase havia desistido de dar um último parecer, do qual se arrependeria caso não compartilhasse.

— Velho, sinto que está mais preocupado do que normalmente. Eu entendo que as medidas que andam tomando sejam arriscadas, e que tanto você quanto Satanás estejam sob grande pressão dos Serafins, mas garanto que as coisas nunca vão tão mal quanto aparentam. Vamos conseguir *aquele anel* de volta, a qualquer custo.

Asmodeus agradeceu gentilmente às palavras do arcanjo e garantiu que não estava tão preocupado quanto aparentava. Sentado, presenciou com os ouvidos o suave bater de asas do anjo, voando para longe de onde estavam, de volta aos Céus. Somente quando se certificou de que estava fora do alcance de seus poderes, voltou a refletir sobre o que aquela falha representaria para o mundo em que viviam. Mesmo que geralmente o demônio compartilhasse das opiniões de Rafael, sobretudo pelas estranhas semelhanças entre ambos, desta vez acreditava que o parceiro estava muito errado.

Dentro de dois ou três anos, o universo que conheciam deixaria de existir. E a culpa disso poderia ser deles.

Esta obra foi composta em Utopia Std 11,7 pt e impressa em
papel Pólen soft 80g/m² pela gráfica Meta.